CB126533

alexandra lopes da cunha | ana paula vulcão | atija assane | corina lozovan | danielle baracho | diego garcez | duda las casas | fernanda drummond | florencia guzzetti | gabriela rodrigues de oliveira barbosa | gustavo freitas | isabella faustino | jean sartief | lana ruff | lucelina rosa | luciana soares | marcelo freitas gaspar | márcia c. brito | maria clara lima pinheiro | marina campanatti | marta fanti | ozias filho | shahd wadi | tatiana betz | taynnã santos | tomásio costa | alessandro allori | betina juglair | bruno molinero | carla muhlhaus | cia cruz | dai rodrigues | flávia six | freda paranhos | giovana chiconelli | hannah bastos | hilda de paulo | javiera espinosa pizarro | juliana garbayo | naiana padial | daniela lima | jamila pereira | raí ângelo

# ~~VOLTA~~ PARA TUA TERRA: NÃO HÁ ABRIL SEM IMIGRANTES

[organização]
manuella bezerra de melo & wladimir vaz mourão

URUTAU + DARUÊ
2024

**DARUÊ**
*significa luta em yorubá*
selo da editora urutau

EDITORES
manuella bezerra de melo
wladimir vaz mourão

rua dr. manuel pacheco nobre, 109,
4 esquerdo
2830-080
barreiro (setúbal)
portugal

[+351] 928053619
darue@editoraurutau.com

[REVISÃO]
juliana palermo
[IMPRESSÃO]
iverso
[ISBN]
978-65-5900-770-7

**EDITORA URUTAU NO BRASIL**
debora ribeiro rendelli
tiago fabris rendelli

rua do cajú, 478
jardim das cerejeiras
06724-015
cotia-sp
brasil

[+55] 11 9 4859 2 426

www.editoraurutau.com

©aa.vv, 2024.

sumário

**PROSA**



**ENSAIO**

## PREFÁCIO

Em 2021, no prefácio publicado no primeiro volume desta que, organicamente, tornou-se uma coleção de antologias, escrevi com o coração aquilo que sentia enquanto uma pessoa imigrada em Portugal. Usei como metáfora dessa experiência um labirinto, *um labirinto de concreto cujo céu não se vê.* Mas este projeto se inicia um pouco antes.

O ano era 2020, um ano peculiar Estávamos confinados em nossas casas, comunicávamo-nos pelas telas dos ecrãs, as notícias do mundo inteiro eram de morte, o cenário era apocalíptico. A maior pandemia sanitária da história da humanidade, o Covid 19, fez-nos parar, e distanciou ainda mais a todos, tornou tudo virtual, o trabalho virtual, a educação virtual, a amizade virtual, a morte virtual. Assistíamos em direto a morrerem nossos entes, enterrados sem que pudéssemos sequer vê-los pela última vez; pela televisão e pela internet víamos as valas comuns onde eram arremessados milhares de corpos que sequer tinham direito a uma campa.

Além disso, naquela altura, era Donald Trump o presidente dos Estados Unidos. O bilionário norte-americano assumiu o cargo em 2017 apelando à agenda conservadora de extrema-direita, protonacionalista e supremacista branca. O chulismo do estilo trumpista era sedutor. E assumiu seu brutalismo na linguagem e na expressão corporal, ressuscitando códigos primitivos da masculinidade viril que tinham sido substituídos pela imagem do liberal comedido e diplomático com Barack Obama, isso em um país adicto por enviar seus jovens para as guerras que inventa para sustentar a sua indústria de armamentos, a maior do planeta, responsável por 40% do mercado global desse setor.

Sua vitória inaugura uma nova fase na geopolítica, que derruba do cavalo toda a performance de cordialidade liberal, quase hípica, e escancara o fascismo como ele é, a verdadeira face monstruosa, a assombrosa carta na manga do modo de produção capitalista; algo que estava adocicado desde... Vocês sabem desde quando. A sua campanha segue a cartilha: criar inimigos, ressuscitar fantasmas e oferecer soluções fáceis para problemas difíceis. E, nessa cartilha, era o imigrante o inimigo.

Trump prometeu construir um muro na fronteira com o México, deportar pessoas imigradas que não tivessem documentos, chamou de *bebês-âncora* os sujeitos norte-americanos que obtinham cidadania por direito de nascença, porém tinham pais imigrantes, acusou-os de "invasores" e equivaleu-os a gangues criminosas. Eleito, apertou todas as medidas de imigração de forma drástica, enviou seis mil soldados para a fronteira com o México, mudou as regras de encargo público para dificultar os pedidos de residência e de admissão de refugiados, e todos lembramos bem as imagens de crianças separadas de seus pais e metidas em jaulas.

E foi assim que a nação que se gaba de ser a maior democracia do mundo, mas que se sente gerente global, e pensa ter direito de meter-se nas soberanias de todos os povos, principalmente os do sul global, reabriu as portas do inferno. De um jeito tão fácil que nos dá a impressão de que deixaram propositalmente aberto o cadeado. Deste buraco temos visto, desde então, saltar uma fera após outra. Entre as primeiras, surfando nessa onda — e com a ajudinha dos EUA, que, já sabemos, teve influência direta no golpe de 2016 contra Dilma Roussef —, Jair Bolsonaro é eleito no Brasil. E, em Portugal, a voz de André Ventura, um vereador de Loures sem nenhuma relevância política, começa a se propagar nas ruas com reproduções das frases de efeito desse novo extremismo de direita, que iniciou com ataques diretos à comunidade cigana portuguesa e ampliou-se a toda a comunidade imigrante.

Sentíamos nós, as pessoas imigradas, pessoas ciganas ou racializadas, a hostilidade crescer com a nossa presença. Víamos o médico, o senhor do mercadinho, a funcionária da escola, a senhora do serviço público repetirem os absurdos fascistas apregoados por Ventura, legitimados pela comunicação social e disseminados boca a boca pelos muitos grupos de extrema-direita. O desdobramento é similar ao que ocorreu no Brasil, quando Bolsonaro tornou-se o porta-voz dos recalcados da ditadura militar após louvar na Câmara dos Deputados o mais conhecido torturador dos porões do regime.

Com a diferença de que, enquanto no Brasil o fascismo assimila sua forma colonizada, entreguista e vira-lata, em Portugal o mesmo fascismo também irá se inspirar na sua forma colonial, mas através da louvação do seu passado, que consideram ser de glória colonial. É por esse recalque dos derrotados no 25 de abril que Ventura irá buscar sua base política, histérica, barulhenta e violenta, agarrada aos símbolos nacionais como uma criança abraça seu ursinho antes de dormir, apavorada no quarto escuro quando não o encontra. O resultado foi a eleição do seu primeiro mandato na Assembleia da República e a fundação do CHEGA, em 2019.

O ano de 2020 era, portanto, um ano que parecia distópico. O mundo desabava bem na nossa cabeça enquanto sequer podíamos sair de casa, e então veio a ideia da convocatória para um livro de poemas, uma antologia que se chamaria *Volta para tua terra*. Era preciso nos reconhecermos uns aos outros, sabermos nossos nomes, partilhar esta angústia coletiva, esse aperto no peito gigante que tinha a comunidade imigrada em Portugal. Nessa fase não fazíamos a mais vaga ideia do que iria acontecer, só fizemos e fim. Percebemos que a convocatória estava sendo muito partilhada. Recebemos muitos textos, de pessoas de muitos países diferentes, realizamos a curadoria com tanto afeto, divulgamos os escolhidos. Pouco a pouco, íamos lembrando os nomes, o país de origem, relacionando ao texto escrito, o nome ao rosto, à poética.

Escrevi o primeiro prefácio, o sufoco só me levava ao labirinto, as feridas coloniais abertas não deixavam ninguém respirar, era um colapso em um corpo coletivo. O livro ficou pronto, e me lembro de vibrar na primeira vez em que Wlad (Wladimir Vaz) me mostrou a capa com o Volta assim, cortado. Era uma recusa. Nós estávamos recusando o sufoco, a claustrofobia. Mas a noção real, penso que para todos, do que este projeto significava veio no dia do primeiro lançamento presencial. Era maio de 2021, o tempo estava lindo, e o governo anunciou que poderíamos sair de casa pela primeira vez, com regras de distanciamento e máscaras. Organizamos o primeiro evento no Porto, como deu. Uma imigrante coordenava a área de eventos de um hotel no Porto, fizemos lá mesmo, em um antigo casarão que pertencia ao hotel.

Ninguém nunca vai ser capaz de explicar a catarse desse dia. Tivemos que realizar duas sessões seguidas, pois jamais imaginaríamos a quantidade de gente que apareceria para assistir. A fila contornava o quarteirão, e foram quase 150 pessoas, que dividimos por motivos de sobrelotação na pandemia. Éramos só imigrantes, mas éramos muitos imigrantes, os melhores imigrantes, aqueles que morrem, como toda a gente, mas não engasgados. No sarau, um a um se levantava para a leitura do seu texto. Tínhamos agora os rostos, as lágrimas, os sorrisos, a timidez e a potência de cada um. Queríamos nos abraçar e não podíamos, mas a epifania foi coletiva, tínhamos finalmente encontrado uns aos outros, imigrantes que escrevem: existíamos, só estávamos espalhados.

Para este volume, ainda no desconfinamento, conseguimos — nem sei bem como — organizar uma apresentação em Lisboa, em um espaço chamado Casa do Capitão, que se ofereceu para nos acolher. Ali pudemos conhecer alguns dos rostos que não tinham podido subir ao norte, e tivemos novo dia de belezas. Desde então a *Volta para tua terra* tem sido uma longa e surpreendente jornada. Interesse, apreciações, admirações, mas também ódios e perseguições fizeram parte da estrutura de sentimento criada pela sua existência.

Mas os poetas do primeiro volume não eram só poetas, alguns eram agitadores culturais, articuladores, que ou já estavam juntos ou decidiram se juntar, organizaram-se, formaram seus núcleos, criaram comunidades e redes. Indicavam-se uns aos outros para trabalhos, infiltravam-se no circuito tradicional literário, incomodavam, metiam o bedelho onde não eram chamados, estavam envolvidos em outros grupos, de ativismos ou de cultura, e assim foi criado uma espécie de sistema paralelo meio invisível — mas que nós podíamos ver —, em que se engajavam na divulgação da antologia e de seus próprios trabalhos como autores.

Não pensávamos que haveria segundo volume. O trabalho foi árduo, mas, à medida que passava o tempo, víamos entornar o caldo. Em 2022 André Ventura havia se transformado em doze, doze deputados fascistas na Assembleia da República Portuguesa. Outra convocatória, outra curadoria, e em 2022 tivemos o segundo volume, dessa vez com texto em prosa; e dessa vez ouvi de autores aprovados que não enviaram na primeira convocatória porque não tiveram coragem, e dava para sentir a alegria de poderem tornarem-se parte. As vozes tinham sido multiplicadas, éramos ainda maiores agora, mais mãos e braços, sozinhos ou articulados, percebendo que era possível fazer, propor, inventar, criar, mesmo em contexto de imigração.

Dessa vez, a mesma capa, antes negra, estava vermelha em um tom de sangue, e, com uma imensa maioria de mulheres entre as autoras, elegemos utilizar o género feminino universal para o título *Volta para tua terra*: *uma antologia de escritoras estrangeiras em Portugal*, ainda que nela tenhamos tido também textos escritos por homens. Com o livro em mãos, fizemos a primeira apresentação na Biblioteca Almeida Garret, dentro da programação da Feira do Livro do Porto, e a segunda em Lisboa, em uma atividade absolutamente emocionante no Museu do Aljube — Resistência e Liberdade, que sobrelotou a casa com vozes imigrantes de várias nacionalidades.

Pensar nesse evento é como voltar para casa. Ocupamos um dos mais simbólicos equipamentos públicos de Portugal, que nos tempos da ditadura e do colonialismo português era uma violenta prisão onde foram mortos e torturados muitos lutadores do povo, e que hoje guarda essa memória para que ela jamais seja esquecida, para que ela nunca seja desvirtuada. Era o ponto mais alto. E, mais uma vez, nesse dia saímos de lá juntos para festejar, com a certeza de que a missão havia sido cumprida. Mas a disputa pela produção das subjetividades e do campo simbólico em tempos sombrios importa tanto quanto as disputas pelos territórios materiais, ou pelo poder político, porque nada que é objetivo se concretiza sem dominar também o subjetivo.

Porém a roda do mundo girou mais forte, e outra vez vimos como a solidariedade é seletiva dos momentos de crise. Sair Donald Trump da presidência dos Estados Unidos da América e entrar Joe Biden não impediu em nada a guerra entre Ucrânia e Rússia, que levou o mundo a uma das maiores crise energéticas de sempre, aumentando tanto os preços da energia quanto do gás aos consumidores, o que elevou para 281 bilhões (mil milhões) de dólares o lucro das multinascionais BP, Shell, TotalEnergie e Chevron, ExxonMobil (sendo as duas últimas norte-americanas, cujo facturamento chega a 50% do total segundo o cálculo divulgado pela Global Witness este ano). Nem nos poupou de sermos obrigados a assistir a um genocídio normalizado em direto contra o povo palestino. Ao contrário, de lá para cá acumulamos desgraças com nome e apelido: um se chama Javier Milei, na Argentina; a outra, Giorgia Meloni, na Itália, entre tantos.

Agora estamos em 2024. Neste ano comemoram-se 50 anos da Revolução dos Cravos, ocorrida no dia 25 de abril de 1974, que uniu a luta dos povos africanos pela independência à do povo português, que reclamava o direito à liberdade. Assim, derrubaram o Estado Novo e puseram fim ao colonialismo institucional. Mas o colonialismo é um câncer fascista sempre alerta, sempre pronto para se espalhar, que, mesmo extraído o tumor, deixa suas réstias e sequelas, a colonialidade como ideologia, e foi assim que entramos em 2024 entendendo que calar não é uma opção.

O partido fascista português largou os festejos dos 50 anos de abril com 50 deputados eleitos para a Assembleia da República, dois representantes no parlamento europeu, e firmou-se como a terceira maior força política de Portugal. E, como em toda a Europa, fizeram isso tornando ainda mais inimigos os imigrantes, estimulando o ódio e validando a violência coletiva contra as pessoas imigradas, gerando uma onda de terror que pode ser vista em todos os noticiários de Portugal. E a primeira força política, a vencedora, convenhamos, não nos insulta abertamente, mas também não nos ama, considerando inclusive as alterações recentes quanto a manifestação de interesse que dificulta a regularização das pessoas imigradas. Aquilo, portanto, que era uma xenofobia velada a que estávamos acostumados, em forma de invalidação ou ofensa com jeito de piada, tomou uma proporção escabrosa.

Alguns conhecidos nos diziam: "O discurso antiimigrante não pega em Portugal, é impossível, somos um país de migrantes". É mesmo verdade, em partes. Portugal é não só um país de migrantes, como de migrados. Desde antes de 1500, Portugal esteve ocupando milhares de territórios que hoje são países, estados-nação que ainda enfrentam as consequências do extrativismo, da violência e da segregação. E ainda mais: como pode se afirmar supremacista branco um povo de origem latina, da ponta da Península Ibérica, um território que por um lado lidou com uma ocupação moura e muçulmana por cerca de 800 anos, e cuja genética é mais afetada que a do vira-lata caramelo da praia de Tambaú, na Paraíba?

E como podem ser tão racistas quando a verdade é que são a principal linhagem genética paterna em dezenas de países que invadiram? E como esse mesmo povo é capaz defender uma ideia de pureza linguística, de um português puro, intocável e superior, hierarquizado em relação às outras variantes, quando a própria língua portuguesa não passa de uma variação inventada do Galego, tão inventada quanto *menine*, que sua neta usa para contra a sua vontade se referir à amiga não-binária? E, principalmente, quando no dicionário mais antigo do Português constam quase 1200 palavras de origem árabe-berbere?

Mesmo assim, o discurso pegou. E, diante de tudo, eis-nos aqui novamente, exaustos, mas implacáveis para fazer aquilo que exige o tempo histórico em que vivemos. Abrimos uma nova convocatória, mais uma vez tivemos um retorno gigante, tardamos na curadoria, mas valeu a pena. Este é o nosso terceiro volume, que batizamos de

*Volta para tua terra: Não há abril sem imigrantes*. Para ele, foram aprovados 43 autores distribuídos nos géneros poesia, prosa e ensaio, escritores naturais de 11 países diferentes. Entretanto, temos muito orgulho em dizer que, ao todo, a *Volta para tua terra* em seus três volumes alcançou 128 textos publicados de autoria de 105 escritores estrangeiros residentes em Portugal com origem em 15 países: São Tomé e Príncipe, Argentina, Palestina, Cabo Verde, Moçambique, Moldávia, Angola, Chile, Guiné-Bissau, Itália, Brasil, Guadalupe, Colômbia, Espanha e Israel.

Seguimos neste labirinto que é a imigração, as divisões se entrecruzam, tentam nos confundir, sabemos que há um país por trás de todo esse concreto seco; ou encontraremos a saída ou agora, juntos, temos a força necessária para derrubar os muros. O que nós esperamos com isso? Disputar a memória, ocupar o campo simbólico, produzir outras subjetividades, lembrar ao futuro que estávamos aqui, que éramos homens, mulheres, pessoas trans ou não-binárias, gays e lésbicas, bissexuais ou assexuais, negros e negras, árabes e orientais, brancos, pardos ou indígenas, jovens ou velhos; trabalhadores das fábricas, da restauração, das obras, da cultura, das artes, e que estamos nas ruas, nas escolas, nas universidades, nos parques.

Queremos alcançar o horizonte, queremos ver Portugal e queremos também que Portugal veja Portugal.

Se estamos hoje imigrados, exilados, refugiados, expatriados do lugar de onde nascemos, buscando sobreviver, ter uma vida melhor, é porque por séculos seguidos a Europa criou fora da Europa problemas que, agora, se recusa a resolver. É porque a Europa continua despejando seu lixo nos países do sul global, onde os trabalhadores fazem o dobro de horas e recebem a metade. É porque, para receber prémios de sustentabilidade, os estados europeus desmatam e destroem rios e florestas fora das suas fronteiras. Foi preciso sair de onde estávamos porque de lá tudo foi roubado, extraído, mutilado. E agora somos nós quem fazemos este país ser um país.

Portugal não existe sem nós. Sem nossa força, ele colapsa; sem nossa contribuição, os idosos morrem à fome; sem nossa criatividade, este país definha deprimido; sem nossa renovação, o mofo cobre as paredes, e os tetos e as traças devoram todos os sonhos. O fado é imigrante, a fábrica é imigrante, a língua portuguesa é imigrante, a andorinha tem asas e é imigrante, o bacalhau é imigrante, cinco milhões de portugueses são imigrantes pelo mundo, eu sou imigrante, e seu ancestral também era, nossas árvores genealógicas são as cabais provas disso. O 25 de abril é imigrante, porque foi em África que ele começou, entretanto, defendemos, ainda faz falta concluí-lo e fortalecê-lo. Para isso é preciso defender radicalmente nosso direito não apenas de existir em Portugal, mas nos devolver o direito ao sonho, de amar e de criar neste país. A literatura é um direito, e somos muitos para ser tudo aquilo que quisermos. Não há abril sem nós!

**Manuella Bezerra de Melo**

# ALEXANDRA LOPES DA CUNHA

Eu nasci em Brasília, D.F., onde passei a infância. Adolesci e tornei-me adulta em Porto Alegre, RS. Vivo em Braga, Portugal, desde 2020. Sou mulher, mãe, escritora e tento ser uma pessoa melhor, todos os dias. Parece fácil, mas garanto que não é.

## CASCAS DE NOZ

A fome rasgou-lhes no rosto olhos fundos como poços
enquanto baldes rebentavam contra o fundo dos poços
[secos de água].
O som do balde contra o solo:
madeira contra pedra e areia,
som seco, áspero, duro; a garganta cerra,
os olhos marejam,
as lágrimas escorrem para morrer na boca,
a língua lambe o sal.

Os olhos-luneta varrem o céu de vidro fosco,
buscam deus ou estrela-guia, uma qualquer salvação,
mas deparam-se com a ausência de cósmicas divindades
e das arcaicas constelações: Andrómeda, Câncer ou Pyxis,
todas mudas, eclipsadas pelo brilho fátuo
dos satélites artificiais.

Inúteis, os olhos deixam-se fechar
pela cortina das pálpebras

e pés em sapatos rasos conduzem corpos trôpegos
para o mar.
Os corpos-joguete abandonam a terra seca
pela água salgada
e, feito nautas a bordo de cascas de noz,
cavalgam vagas furiosas
com a tresloucada coragem comum aos insanos
e aos suicidas.

Não há porto, não há casa, não há terra para onde voltar.

# ANA PAULA VULCÃO

É brasileira, carioca e radicada em Lisboa há 7 anos. Poeta, produtora, programadora cultural e sonhadora em tempo integral. Operária da arte, desde que escolheu, por missão e satisfação, dedicar-se a ela. Já atuou em muitas frentes artísticas, desde a arte contemporânea ao teatro. Atualmente dedica-se ao cenário musical diverso que se encontra em Portugal, sobretudo na área da música independente. Realiza a curadoria musical e a produção de alguns eventos e espaços. Já colaborou e colabora com artistas portugueses, brasileiros e africanos conhecidos do público, e é um elo entre a arte do Brasil e a de Portugal.

## “COLONIMIGRAÇÃO”: DE UM A OUTRO, MUDA MUITO POUCO

Elipse de um apocalipse

Um vértice de crendices de onde um dia (te) sucumbiste

As palavras cortadas foram atravessadas
por lendas e tormentas
E a turba só se lembra das estórias narradas,
criadas por tolos
Aos bolos, se emaranhavam em livros sagrados
A levantarem muralhas, nos atarem vendas
E assim, relatada a sentença da derrocada

Fim do mundo permaneça, para sua digna indignação
Um paradigma de contemplação se faz
É preciso ser direito, andar no trilho, fazer-se aceito
O estribilho ecoa o pulso da moral
E vozes sibilantes entoam caminhos errantes

Seguimos pois, aparentemente não há curvas a tornar

O Valente arranca o mato nos dentes,
aspira atalhos por desbravar

O dolente segue rente,
já não se apropria de seus pés enquanto quentes
Há guerras a declarar, ninguém se entende
O Amor, infinito mistério,
o que eles nos contam contradiz a palavra
Dá falta de ar
Liberdade da agonia, de se saber utopia
Horizonte que não se pode tocar
No entanto, é justamente este porvir
o propulso que nos faz seguir
Deâmbulo eterno de não prever e mesmo assim crer
Que um novo alvorecer ainda está por nascer

# ATIJA ASSANE

Mulher, mãe e artista, nasceu em Moçambique e vive em São João da Madeira. Usa o corpo, a natureza e a escrita para pensar as crises causadas pelo colonialismo, o capitalismo e o patriarcado, e daí criar utopias. Ventre que gera um português de meia raça é o seu primeiro texto publicado.

## VENTRE QUE GERA UM PORTUGUÊS DE MEIA RAÇA

Chegou lenta
Tão lenta quanto preta
Teve a sorte grande de carregar uma pitada
de sangue português no ventre
Ainda que fosse um português de segunda
De segunda, mas português
Melhor que nada
Um português no ventre te abre portas
Da tuga
Aquela tuga, dos brancos de barcos
Aqueles barcos que navegam terras não descobertas
pelos que nelas nasceram

Atrevida!
Chegou preta
Tão preta quanto ingénua
Acreditou no milagre da herança do ventre,
que gera um português de meia raça

Inocente!
Chegou crente
De uma saúde digna para parideiras de tugas
Como ousou ela pensar em dignidade, Preta
Não cabem cá exigências, nem vontades
Não basta esse “sanguizinho”
meio tuga que carregas nessa bolsa de águas do Índico
Dignidade tem cor e terra
Não é preta e não vem do tal berço da humanidade

Disse ela, Preta
Que quer parir no mais natural
que pode pelas minhas mãos
Eu, portuguesa de raça
Não a sirvo, Preta
Nem as suas vontades e desejos
Para isso, que tenha o parto na casa dela

# CORINA LOZOVAN

Nasceu em Chisinau, na Moldávia. Chegou a Portugal em 2001, e ao longo do tempo a língua portuguesa tornou-se como a sua própria língua, criando raízes dentro de si. Começou por escrever ficção e foi incentivada pela professora de Português na escola a explorar a poesia. Desde então, mantém a escrita constante, tendo recentemente iniciado a partilha e publicação dos seus poemas. É licenciada em Ciência Política e Relações Internacionais e pós-graduada em Estudos do Médio Oriente. Neste momento, é doutoranda e investigadora em Ciência Política e Relações Internacionais na Universidade Católica Portuguesa em Lisboa.

## PIETÀ

Confirmo
a integridade anatómica deste corpo
ignorando a cláusula do *jus sanguinis*
a culpa de carregar um nome que não pertence
lembra-te que desta terra emerge o ser livre –
o estrangeiro que se naturaliza
como um renascimento
onde a língua portuguesa de origem
nasce em mim
enrolando-se nas vértebras da minha coluna
e lentamente
acomoda-se à traqueia e à laringe
da voz que grita democracia
nas mãos que escrevem poesia
ou nas estradas que alguém constrói
mas ninguém se lembra quando as pisam –
estou aqui
eu constelado, no paradoxo
das identidades suspensas no espaço

do tempo que cheguei a 25 de abril
o sol em Sagitário,                    a lua em trânsito
lutamos e lutamos
cada rosto, cada história, nas rugas da Pietà
num gesto de mãe, acolhe os viajantes —
eu, na tessitura de abril, nas artérias da cidade
nas ondas do Tejo vejo o reflexo da revolução
que antes de saber da minha chegada
já vivia dentro de mim
como uma âncora.

# DANIELLE BARACHO

Nasceu em Salvador, Bahia, e vive em Portugal desde 2018. Licenciou-se em Português com Menor em Línguas Modernas na Universidade de Coimbra, é pós-graduada em Artes da Escrita e mestranda em Literaturas, Artes e Culturas Modernas na Universidade de Lisboa.

## DESCOBRIMENTO

*O cravo saiu ferido,*
*a rosa despedaçada*

um homem de bigodes rasgou a minha pele

os bigodes daquele homem
adentraram em mim
como aço inoxidável
com gosto de fel

mãe, por que ele não pediu com licença?

dois homens de bigodes invadiram
as minhas terras
e sequestraram a posse
do meu pronome possessivo
sobre a pobre pose
de entoar-me *minha*

pai, você pediu com licença?

300 homens129bigodes15embarcações
inundando o ventre do meu rio
será que vinga?
será que vingo quando o sangue escoa?

ele
que impôs sua língua dentro da minha
que acorrentou suas línguas presas em mim
cravo-o com a palavra:
a mão com a força de uma adaga polifônica

25 de abril: os cravos cicatrizam a Avenida da Liberdade
a rosa põe-se a cantar:
é tempo de (re)volta nas tuas terras

# DIEGO GARCEZ

(Aracaju, 1982) É poeta e artista plástico. Crescido no Recife, seu trabalho visual é uma extensão dos seus poemas. Suas obras são marcadas por forte gestualidade e densa mistura de materiais. Atualmente vive e trabalha em Lisboa.

*

gostar de um país como se ama
odiar o próximo como se é odiado
odiar a si mesmo como se é odiado
odiar um país como se odeia um filho
nunca chorar saudade
entender profundamente das coisas que rompem
procurar Miró da Muribeca na rua augusta
enfiar os dedos em si pensar os dedos de quem ficou
enfiar os dedos em alguém
chupar os dedos
enfiar-se
e nunca mais sair
ter raiva
muita raiva
saber-se com raiva
fazer poesia devolver o troco
ficar com o dinheiro

# DUDA LAS CASAS

Nasceu no Rio de Janeiro e atualmente mora em Lisboa. É poeta, livreira e artista visual. Dirigiu curtas-metragens, produziu programas de televisão e administra uma página de memes. Publicou o livro de poemas *Viseira* (7letras) e *Cheia de Fome* (edição de autor).

## AS FEITICEIRAS SÃO TODAS ESTRANGEIRAS

Depois de servir bem
serei vista nesta terra
como uma doutora
passo horas e horas
a preparar uma sinfonia
uma revolução
apenas com meu maxilar

# FERNANDA DRUMMOND

Nasceu no Rio de Janeiro e vive em Lisboa. Professora de Literatura Portuguesa, concentra-se principalmente na poesia de autoria feminina. Atua como revisora, tradutora e escritora de conteúdos. Publicou *Muralha* pela Urutau em 2023.

*

A bordo deste comboio
em que vou a caminho de encontrar o meu amor

me encosto um pouco sobre o braço direito
e lembro uma imagem de há 12 anos

no parapeito azul dessa janela para os trilhos:
todas as zukas são putas

Há muito tempo somos putas sobre trilhos
não vá passar um trem sobre a nossa sensualidade

Entre putas e cidadãs
o epíteto é sempre puta

# FLORENCIA GUZZETTI

De Buenos Aires, Argentina. Motivada pelas mudanças, tanto físicas quanto mentais, mora em Portugal há quatro anos (primeiro Porto, atualmente Lisboa). Professora de Espanhol, sexóloga, tradutora e poeta, interessa-se pela palavra e pelas pessoas.

## A LÍNGUA MATERNA

Dizem que é possível esquecer
a língua materna, mas não sei
como chorar
com palavras emprestadas, como gritar
de desespero ou alegria
com outro grito que não seja o primeiro, aquele
com o qual se aprende a pisar, a dizer eu
estou aqui, eu sinto
fortemente, ferozmente, no mais fundo,
aquele grito que nos deu, uma única vez,
mais fôlego do que nos tirou, não sei
como acordar e balbuciar sons
numa língua estrangeira — por mais
cotidiana que ela seja —, como
amar ou sentir saudades, como
pedir ajuda quando a febre sobe
numa língua em que não se aprende
a dizer frio, dói, mamãe?

Como será o silêncio
para quem esqueceu a língua?
Isso também não é a mesma coisa
em dois idiomas.

# GABRIELA RODRIGUES DE OLIVEIRA BARBOSA

É paulistana, negra e imigrante. Vive na cidade do Porto há sete anos. É cabeleireira e cofundadora da Casa Odara.

*

Na bagagem que traz na vinda de casa
A angústia lhe veste o corpo e
A dor lhe calça os pés
Mas seu Orì está sempre ali

Seus calos a relembram de cada passo
da corrida frenética de quem partiu de sua matrix
Suas formas são moldadas pela repetição dos ataques
contra as bases que a sustentam
Calejados se tornam os pés que pedem
por macias solas de paz
Mas seu Orì está sempre ali.

Suas vestes apertam-lhe o peito
A luta que confronta diariamente,
de uma mente débil de esperança,
Torna cansada a carcaça que pede
por sentimentos de algodão

Para limpar as cicatrizes abertas
por palavras jogadas por bocas inflamadas e violentas
Mas seu Orì está sempre ali.

Ainda assim, ela traz consigo a certeza
de que esta terra lhe pertence
Assim como pertence ao outro
Desta forma, ela recria diariamente a própria resistência
E tece o manto de Asè que lhe cobre nas noites frias
Porque o seu Orì sempre esteve ali,
em busca do que sempre lhe pertenceu:
O firmamento que o inimigo lhe tirou

# GUSTAVO FREITAS

De Fortaleza (CE), é jornalista e especialista em Direitos Humanos, mestre em Jornalismo e Comunicação e doutorando em Ciências da Comunicação pela Universidade de Coimbra, cidade onde vive desde 2018. Suas principais inquietações centram-se na compreensão dos *media* informativos, especialmente, tanto como perpetuadores da colonialidade quanto como estratégicas ferramentas de emancipação.

## PELEJA PÓS-COLONIAL

[1]

Democracia em Portugal • *Uma gestação de Angola*
E nem adianta que digam • *Ó, migrante, não amola*
Se quem liberdade gestou • *Hoje and'a pedir esmola*

[2]

Onde já se acreditou • *Em colonial-democracia*
Não bastam apenas cravos • *Pra sol negro e nostalgia*
Onde está' revolução? • *Só se vê xenofobia*

[3]

Pra cada década de Abril • *Uma dezena de desventura*
Mas além de indefensável • *A Europa é caradura*
Crê tu qu'aind'á quem diga • *É tudo branda criatura*

[4]

Paternalismo estrutural • *Faz parte da cicatriz*
A gente acha até normal • *Ouvir um "Oh, infeliz"*
Não discuto, só escuto • *Não sei nem do meu país*

**[5]**

Se tu falas pretuguês • *Tá calado e obediente*
	Na metrópol'és bem menos • *Muito menos do que gente*
Não importa o eu faça • *Nunca serei suficiente*

**[6]**

Pra filho de portu-burguês • *Terapia da fala em inglês*
	E se fal'outro português • *Sou só um mero freguês*
Mas não me deixo rebaixar • *Um dia chega a nossa vez*

# ISABELLA FAUSTINO

Tocantinense recriada em Coimbra, estudante pesquisadora, doutoranda em Sociologia/Sociologia e Direito (UC/UFF) e defensora pública. Autora de obras acadêmicas (*D´Plácido*) e de *(Em) lume bravo* (Urutau). Milita e escreve por/entre direitos humanos.

## AUTO-MAR

Perambulo revoluções
por onde eu vinha
pele e osso
palmeiras da minha terra
nas palmas das mãos
e a tua trégua
com duas naus
à volta do meu pescoço.

Passo por passo
desembrulho abril no rastro
de nossa jovem insurreição
sacrificada;
setenta e quatro
e vermelho era sangue
à margem do Araguaia
não eram cravos.

Revolta
em cada pétala
confabulo primaveras
e varro a calçada
dos fundos
e da frente da casa
onde a Revolução não chegou
(e, ainda assim, que não termine).

Auto-mar
nos solos da Península Ibérica.

Terra à vista
e a prazo, eu
em carne viva
alerta, aberta
— incendiária
como ainda hoje o corpo
da última guerrilheira
jamais encontrada.

Preambulo revoluções
linha por linha

aqui
onde o Cruzeiro do Sul não me olha
e na montra
reponho os cacos
os ossos
e a placa:

> Nunca mais a tua pátria,
> nem mais um pater!
>
> Nunca mais a tua pátria
> à nossa míngua.

# JEAN SARTIEF

Nasceu na cidade de Natal, no Rio Grande do Norte, Brasil. É graduado em Jornalismo e pós-graduado em Antropologia pela UFRN. Artista visual, curador, poeta, pesquisador literário e fotógrafo. Tem sete livros publicados. Venceu vários prêmios de literatura e artes visuais e tem publicações em várias revistas literárias e antologias no Brasil e em Portugal. Suas poesias abordam a afetividade, a sexualidade, o cotidiano e a imigração. Vive e trabalha em Porto/Portugal. @sartief

## BODAS DE RETIDÃO

Há um tiro lançado, restrito como esperança imolada,
ante o grito violento galopado
que perfaz o trabalho. Atravessa a pele,
corta o caminho. Chicoteada. Nua.
Vai longe e não sai do lugar.
Escassa como a poesia que imaginavam estar nas ruas.

E que vigora angular, esse jogo audaz em maquiar escravos.
É lei explorar-nos de alto a baixo
até que sangremos remunerados.
Porque afinal estamos livres e devíamos ser gratos.

Somos acolhidos com o arrendamento alto,
demasiado, e alguma pedra
na mão, mas é para a construção.
Raspam mil em um quarto compartilhado.
Vencidos, vertidos de sobressalto
com o cravo dessa liberdade que se desperta em abril.

É primavera dos vinte e cinco nos cinquenta anos
corridos, mas para quem?
Bodas de retidão e ouro — das terras roubadas —
e o imigrante mareado que não vale nada
às vezes vale alguma coisa quando se junta na multidão.

# LANA RUFF

Nasceu em São Paulo. É jornalista, estudou Letras e Latim na Universidade de São Paulo e tem textos publicados em revistas e antologias, além do livro *Tudo se distingue além da fruta* (Urutau, 2023). Viveu na França e na Espanha e, em 2019, aterrou no Porto.

## A CEGONHA E O MOINHO

eu também quando olho vejo a pepita
a alga incrustada na pedra de xisto.
também eu vejo nuvens
mas três passos atrás e aí, meu amigo, eu vejo o aquário.
passado um tempo reparo no anho inteiro
senta aqui

que linda cameleira esta no seu jardim
vê que ela come do solo porque viajou até a sua raiz,
desde o pé do buriti, no mei'
bem no mei' do mato, o hidrato de carbono,
de onde verdade seja dita
saiu carboidrato

mas chega de biologia. olha só a matemática,
mistério algum
entre mil novecentos e quatro e mil novecentos e trinta
setecentos e cinquenta mil portugueses
entraram no Brasil

quinze mil casais de cegonhas,
de uma temporada no Marrocos,
em dois mil e vinte e dois
voltaram à A1
seiscentos mil portugueses vieram ter a Portugal,
nosso jardim à beira-mar plantado,
depois de mil novecentos e setenta e quatro
que é possivelmente o único número nessa estrofe
que lhe diz algo assim
menos abstrato

veja bem, eu não peço que tenha o alcance
de observar os rios
este quantum que viajou 13.8 bilhões de anos-luz
até o fundo
do seu umbigo. é só que não passou meia hora
desde que eu ouvia o jorro da torneira
debaixo da qual seu avô lavava as mãos grudentas
de borracha

meu amigo, é que quando você reza o seu rosário,
quando repara que pão se faz é de trigo moído quando
põe Caetano na vitrola no seu apartamento centenário
você não sabe mas você emigra um pouquinho

que esse matagal gostoso no seu prato
onde você dança e onde cria Francisco
e onde cria Constança e Catarina
era meia dúzia de folhas de couve galega, um pé de batata
da estirpe importada da Rússia
e seria ainda não fosse a mandioca
o banho de guiné. não fosse alguém mais cantado né
mais quente
girando a mó
jardinando as camélias por dentro

# LUCELINA ROSA

Brasileira, paulistana, imigrante, aprendiz. Licenciada e mestra em Ciências Sociais, pós-graduada em Gestão Cultural, trabalha com projetos culturais e educativos em contextos comunitários. Reside no Porto/Portugal desde 2019.

*

Volta
Conta a eles mais detalhes sobre nós
Diz que o nosso encontro não foi tão belo quanto parece
Fala que entre nós houve estranhamento, dor, sofrimento
Relembra que tudo começou em forma de prece

Volta
Conta que a minha história começa antes de ti
Diz aos teus para ouvir a outra versão
Fala, pois já não podes ficar em silêncio
Revela as tantas riquezas extraídas do nosso chão

Volta
Conta como se escreve um romance-invasão
Desaprende, olha para trás, atualiza o presente
Diz como nasceram os teus bem-feitores
Fala que os nossos ancestrais nunca estiveram dormentes

Volta
Conta que do lado de cá não somos excedentes
Diz que não estamos por aqui a sobrar
Lembra que as fronteiras foram rompidas por ti
E que não te cabe decidir quem deve regressar

Volta
Conta que o nosso caso está longe de um fim
Aprende que somos parte da tua cura
Mas diz aos teus filhos que a cura é coletiva
Ensina que ela reconhece, repara e não censura

Volta
Conta que somos a tua pior e melhor parte
Mas diz que seguimos do lado de fora
À espera do bilhete para a tua festa de Abril
Pois sem ele não há reVIRaVolta.

# LUCIANA SOARES

É poeta por fome do espírito. Autora de *Poesias Mareadas* (Urutau, 2020), participa das antologias *Volta para tua terra* (urutau, 2021) e *Epistolária: cartas para a desobediência, a beleza e o fim* (Urutau, 2022). Vive em Queluz, onde pariu e cria a filha a quem dedica este poema, inventa a si mesma e brinca com as palavras.

## LEMBRETE

que tenhas nascido
no lado frio do atlântico
não significa, pequena,
que não corra no teu sangue
o calor de uma canção
latino-americana
sobre o passado ser uma roupa
que não nos serve mais

que o rio que sou
tenha nascido tão longe
não significa, meu bem,
que não possa desembocar
no mar que és tu
precisamente aqui
nesta terra

que o leite que sugas do meu peito
saiba a cajuína tapioca e seriguela

como as que davam no quintal da tua avó
não quer dizer, coração,
que não saiba também
a abril cravo vermelho e revolução

lembra,
minha filha,
são muitos os caminhos
que levam à liberdade:
como o calor as gentes e as águas
ela corre em todas as direções.

# MARCELO GASPAR

Nasceu em 1992, São Paulo, Brasil. Neto de imigrante português. Já foi publicitário, faxineiro e barman. É viajante e comunista. Aterrou em Portugal em 2016. Adotado pelo Porto, atualmente vive em Lisboa. Busca nas palavras uma forma de luta e sustento.

## DIGO EU

— Não contratamos brasileiro.
Dizia a vaga online.

— Mas como assim? Você é branco.
Disse a esposa portuguesa.

— Saímos de lá há muito tempo, vocês continuam na miséria por vossa conta.
Disse o dono do bar.

— Tanto tempo aqui e ainda não aprendeu o português?
Disse o entregador de frutas.

— Você é o único brasileiro que gosto.
Disse o colega de trabalho.

— Eu não me envolvo com essas zukas, são tudo umas porcas.
Disse o segurança do bar.

— Deixa entrar mais nordestinos aqui, pra vocês verem o que nós sofremos.
Disse o cliente paulista com cidadania italiana.

— Quando você volta para o Brasil?
Disse o cliente.

— Olha como estão as ruas, na época da ditadura não era assim.
Disse uma senhora.

— Meu irmão, isso aqui tá cada vez mais agressivo, cuidado.
Disse o amigo angolano.

— Volta pra tua terra, desgraçado.
Disse o vizinho, arremessando uma garrafa de vidro no meu jardim.

— Também, agora só contratam mulheres e imigrantes.
Disse o cunhado emigrante.

— Eu vi os números, o Bolsonaro é que estava resolvendo mesmo aquilo.
Disse o primo da esposa.

— Eu não escravizei ninguém, agora tenho que pagar por isso?
Disse o sogro.

— Esse Ventura fala asneira, mas isso da castração química eu concordo.
Disse a sogra.

— É correios, caixas, telemarketing, uber, vocês estão em tudo agora.
Disse a amiga da esposa.

— Se você não gosta de Portugal, por que ainda está cá?
Disse a outra amiga da esposa.

— Não quero criar um filho aqui.
Digo eu.

# MARCIA C. BRITO

Viveu em Portugal quatro anos e regressou à sua terra natal Cabo Verde em 2024. É professora e atriz. Cofundadora da Associação txon-poesia, na qual participa na execução de projetos culturais internacionais, como a edição da *Revista Txon*.

## OS VELHOS DA ALMA NOVA

Diziam os poetas antigos:
— Temos sede do encanto da vida, das quadras às décimas
é essencial guardar na memória o tempo da entoação dos
"cantes passarinhos"
cavar a terra dá motivos, sim, os pés descalços são por
vezes o desafio
o que dá gosto à sopa de ervas selvagens ou a única moeda
que lhe pertence.
Cantaram a canção que lhes surpreendia a alma
e assombraram os rebentos da noite madura.
É morena a liberdade, cantam-na os que não a viveram,
quem a viveu ignorantemente a desconhece e a repudia.
Uma prisão às vezes é aconchegante, é desejável.
Na memória, quilómetros percorridos por pés pequeni-
nos e descalços no inverno
ainda doíam.
Por isso sabem acolher quem chega.

Cantaram os velhos sábios e jovens idosos, sua alegria era nova, fresca, recém-nascida sempre.
Cantaram o poema sublime das suas vidas, da escassa sorte que lhes deu a arte.
Sim, dirás tu, que és mais sabido do que eu:
— Mas escassas não eram suas almas.

# MARIA CLARA LIMA

24 anos, é artista e veio a Portugal em busca de uma melhor condição de vida para si e para os seus, além de um terreno fértil para o sonho. Hoje, vive no Porto e é trabalhadora e estudante de Artes Plásticas, sendo orgulhosamente natural de Belém, na Amazônia paraense, Brasil.

## A ONÇA

Mulher cabana
Abre caminhos na mata virgem a golpes de facão
Onça encarnada
Na calada da noite enquanto dormiam os jesuítas
Ela me encontrou na encruzilhada
Para juntos abrirmos um belo clarão
Lá nós dançamos juntos
E no meu ouvido ela sussurrou:
Abram-se os caminhos.

# MARINA CAMPANATTI

É atriz, educadora, pesquisadora e poeta. Autora do livro *Afetos Navegantes: olhar o porto do mar* (Urutau, 2023). Campeã nacional de Poetry Slam (Portugal Slam, 2023), representou Portugal no campeonato Europeu (Bélgica) e na Coupe du Monde (França). Nasceu em São Paulo e mora em Lisboa.

## O DIA EM QUE LISBOA MORREU

Caros Colegas, amigos de vida,
Companheiros da luta
Peço imensas desculpas

Mas tenho de anunciar
Lisboa morreu
Eu juro, só estava a brincar

Mas nessa de não existir mais senso de humor
Lisboa morreu
Morreu pela falta de compreensão da ironia
Morreu porque um homem já não se pode divertir
São duros os tempos
E tenho que admitir
Lisboa morreu

Já não há quem carregue batatas
Já não há chamuças quentinhas
Os estoques do Martim Muniz estão vazios

Já não há camurça para vender aos turistas
Já não há quem construa e restaure nossas casas bonitas
Já não há quem desenhe azulejos
E nem quem reponha os alimentos no mercado
Está tudo parado

Lisboa morreu

Os cantores de fado estão velhos
Todos nós estamos velhos
E, por uma brincadeira, levada a sério
Sério...
Lisboa Morreu

Já não há quem cuide nós
Já não há quem contribua para a segurança social
Ordenados morreram junto com Lisboa
Já não há quem limpe o Hospital

Já não há aquela Cachupa ou a "Feijuca"
que eu sempre disse que eu adoro
Eu sempre disse que valorizo
Eu dei bom dia
Contei histórias

Ofereci meu riso
E nem com isso...

Lisboa morreu

Já não há quem faça entregas
Já não há quem recolha o lixo
Já não há quem passeie cães
E nem quem passeie turistas

Lisboa morreu

Ingratos
Depois de tudo que fizemos
Sério...
Depois de navegar mares
Apresentar para o mundo
Oferecer trabalho
Ginginha
Bacalhau

Lisboa morreu

Eu sinto por isso
Só estava a brincar, mas eles voltaram
E mataram
Lisboa

# MARTA FANTI

É tradutora es<>pt, ama a língua portuguesa e escreve poesia há vários anos. Participou nas últimas duas antologias do Festival de Poesia de Lisboa e publica esporadicamente em revistas digitais. É da zona oeste do Gran Buenos Aires e vive em Lisboa desde 2020. Desde então, a escrita numa outra língua tornou-se uma forma possível de viver e interpretar-se a si própria como sujeito migrante.

## UM CORAÇÃO PARA CADA COISA

Voltei
as tuas ruas continuam lisas preparadas para o cansaço

só consigo ouvir uma língua estou enganada?
será que serei feliz a decifrar um único código?

há tanta emoção pública as mãos dançam no ar
e a boca a abrir-se sincrónica
em pequenos estigmas me magoa preciso de silêncio

depois há o silêncio e pouco o entendo

então entrego-me à dança dos corpos
que são do lado de fora muito mais parecidos
consigo mesmos

há um coração para cada coisa nem sempre é bom mas é

à noite acabo cansada o reflexo dos outros
ainda faísca quando finjo dormir

então sonho com ruas que sobem e descem
e um oceano perto
e o rio e palavras ensaiadas.

# OZIAS FILHO

Rio de Janeiro/1962; poeta, fotógrafo e editor. Livros: *Poemas do dilúvio, Páginas despidas, O relógio avariado de Deus, Insulares, Os cavalos adoram maçãs, Insanos, Confinados* (livro infantil/ilustrações de Nuno Azevedo). Vive em Cascais/Portugal.

## A SEDE DO MAL

(após mais um caso de xenofobia em Portugal)

a máscara cai e o rosto já não sustenta
o peso das aparências
as palavras, agora livres
são pedras que magoam
cortam a esperança que já de si é vã

o lugar guarda a marca do ferro
incandescente sobre a pele
(o sinal de origem não se apaga)
e a língua que liberta
ironicamente escraviza
contradiz a pátria de Pessoa

a máscara cai e o outro
é exatamente aquilo que é
na imagem que as águas devolvem

na rotina dos amanhãs
e na distância de um relógio
que passa impiedoso
já não se lembra daquele que um dia foi
na estreita margem de um rio que desvanece

# SHAHD WADI

Palestiniana, entre outras possibilidades, tenta exercer a sua liberdade em Lisboa, entre escrita, investigação, tradução, curadoria e performance. Procurou as suas resistências ao escrever *Corpos na trouxa: histórias-artísticas-de-vida de mulheres palestinianas no exílio* (2017).

## POVO PÁSSARO

E lá, atrás do muro, há um povo.
Vive nas árvores,
bebe água da chuva,
respira todo o vento.

Um povo só, ensina o mundo a bater asas.

Ainda não sabe voar,
mas já canta,
exatamente como os pássaros.

# TATIANA BETZ

Carioca, educadora da primeira infância e mestra em Ciências da Educação. Em outra vida, engenheira de alma artista. Depois de quatro anos como aprendiz da vida chuvosa do Porto, há dois anos abraça o sol da Caparica.

## EU SOU BRASILEIRA AQUI*

Eu sou brasileira aqui
de terra tupiniquim rasgada pela imigração sem fim.
Outrora sonho e pesadelo no silêncio do preconceito
é sempre um lugar qualquer ali.

Eu sou brasileira aqui em saudade dessa terra fértil:
outrora fertilizada.
Hoje brota o grito silencioso de um peito
que não respira muito certo.
Choro sorrindo, mas as lágrimas secam cansadas
com a comichão da garganta.
Respiro profundo o cheiro de uma imagem,
mas, devido ao problema de estrutura,
o vento não chega certo aqui.

Falta.
Insuficiente.
Jogo flores na minha ferida salgada.

*Inspirado no poema “Eu sou português aqui” de José Fanha.

Vim pra mais perto do mar,
queria te ver na linha do horizonte.
Sou brasileira lá.
Aqui sou brasileira.

Invento maneiras fugazes de dizer o nada.
Completo idades avançadas de não saber.
O coração acelera e o corpo desfalece.
Murcho no dia a dia incompleto que tenta rasgar o sol.
Ao rasgar é rasgado.
É, tem dias que nem o sol esquenta.
Não ferve as águas de Nanã, não.
Só amorna o lodo quentinho que serve pra sentar e,
se calhar, ficar confortável.
Celebro o que não faz mais sentido e crio mitologias.
Num tom desbotado – debochado –
de erotismo (in)consciente.
Tá aí, já meio despertencida, aceito a condição.
Sou livre aqui.
Sou brasileira aqui, porém "We need your help".

Sustento o silêncio do grito. Sussurro alto o aperto visceral.
Tem vértebra fora do lugar.

Ai se aproveitasse o potencial do corpo, dizem.
Foda-se, digo. De quantas pétalas se faz um sangue impuro?

# TAYNNÃ SANTOS

É guarulhense, doutorando em Modernidades Comparadas pela Universidade do Minho, com formações em Literatura, Estudos Culturais, Comunicação e Design. Fundador do coletivo Sinestéticas e editor da antologia *Posfácios* (2021). Vive atualmente em Esposende, Braga.

## MAR POR REVÉS

Ó mar revolto, que a memória apaga,
Sê claro em espelho d'água!
Por ouro, quantos pobres trabalharam,
Quantas índias a Deus rezaram!
De tantos por quem se deixou domar
Que és cúmplice também, ó mar!

Valeu a pena? Nunca vale a pena
Se a humanidade se apequena.
Quem fez parecer mais Seguro o Porto
Foram corpos de negro morto.
Esqueça a cruz, as lágrimas e o sal,
Mas lembra, mar de Portugal.

# TOMÁSIO "IMBONGI" VARELA

Nascido em São Tomé e Príncipe, em 1991. Licenciado em Estudos Africanos pela Universidade de Lisboa. Foi responsável pelo departamento cultural do Núcleo de Estudos e Estudantes Africanos. Defensor de causas antirracistas e ambientalistas, atualmente reside na Holanda.

## MESTIÇO, HOMOSSEXUAL E IMIGRANTE — EU SOU A REVOLUÇÃO

Eu sou Democracia, vulgo 25 de Abril
Filho de mãe negra africana e pai português branco
Nasci nas matas da Guiné-Bissau, Angola e Moçambique,
a 25 de Abril de 1974
Entre barulhos de metralhadoras e corpos tombando

O meu grito de vida ecoou por todo império
até a metrópole
Fez-se um silêncio ensurdecedor
As armas pararam de disparar,
os corpos deixaram de tombar
Nascera a Liberdade, o filho mestiço da revolução

Partira para Portugal pouco tempo depois,
com os meus pais
Eram tempos de muito otimismo com a minha chegada
Cantavam-me, dançavam-me, declamavam-me
Entusiasmado eu disse:

— Mãe, pai, olhem, sou eu que eles cantam,
dançam e declamam
Eu sou o esperado, o desejado, o recém-chegado
Corri até eles e disse, na minha inocência
Sou eu, sou eu a democracia, sou eu a revolução,
sou eu a liberdade
Olharam para mim e riam-se, apontavam o dedo,
havia desprezo e ódio nos seus olhos
Lá me disseram:
— Ó pretinho, vai mas é para onde vieste,
não te queremos aqui
— A revolução não é preta, ela é branca e europeia
— Volta para tua terra, pá.

Não reconheceram em mim os valores conquistados
com o meu nascimento
Envergonhado, humilhado,
ostracizado corri para os braços do meu pai
Que, apenas com o desvio do olhar, negou-me o amparo
Contrariamente, a minha mãe abre os seus braços
cheios de amor e calor nos quais me atirei
na segurança do seu ventre

Passados 50 anos me apresento perante vós
Com as marcas do tempo e lesões das violências
a que fui sujeito
Eu sou o rosto da revolução
A pessoa vítima de violência policial
Eu sou o rosto da revolução
A pessoa que foi expulsa de casa
por ter assumido a sua homossexualidade
Eu sou o rosto da revolução
A pessoa que dorme ao relento nas ruas
e nas estações de metro
Eu sou o rosto a da revolução
A pessoa migrante a quem é negado
o direito de permanência
Eu sou o rosto da revolução
A quem é negado o direito a habitação, saúde e educação
Eu sou o rosto de revolução
A pessoa a quem é negado o direito a identidade
de género
Eu sou o rosto da revolução
A pessoa que pede esmolas nas ruas para ter o que comer
Eu sou o rosto da revolução
A pessoa de quem vocês desviam o olhar, recusam tocar
ou falar como se tivesse lepra

Eu sou o rosto da revolução
Sou católico, judeu, islâmico e ateu
Eu sou a revolução, eu sou Abril
E vocês negaram-me como negaram Cristo
Me embranqueceram como embranqueceram Cristo
Eu estou em todos os rostos das pessoas que lutam
pelos seus direitos
Eu estou em todos rostos que sofrem
Eu sou do povo
Eu sou o povo

# ALESSANDRO ALLORI

Nascido em 1977 em Portoferraio, Itália, é formado em Ciências Políticas pela Universidade de Florença. Jornalista desde 2007, viveu em Lisboa de 2015 a 2023, onde trabalhou como guia turístico. Atualmente, é funcionário público na Itália, mas permanece ligado a Lisboa, para onde regressa sempre que pode.

## MÃE-PÁTRIA

Chuvas fortes e grandes pedras de granizo caíram violentamente sobre a tenda da qual o Rami saiu, para encontrar abrigo por baixo da entrada saliente do prédio ao lado. Uma vez que o seu apartamento na Rua Benformoso tinha ardido completamente, ele vivia na rua e armava a sua tenda em vários locais entre a Almirante Reis e o Regueirão dos Anjos. Naquele dia, o seu amigo e companheiro de quarto Yamir tinha voltado para casa mais cedo, de modo que não havia ninguém lá. Trabalhou 13 horas no departamento de carga e descarga da empresa, que fornecia bacalhau a uma parte dos supermercados de Lisboa. Estava exausto e desmaiou na cama. No dia seguinte teria que começar de novo. Quando o aquecedor elétrico pegou fogo, juntamente com o cobertor de polietileno, provavelmente nem se deu conta. Mais do que as chamas, foi a fumaça que o acompanhou silenciosamente até à morte, pondo fim à sua curta vida. Nessa noite o Rami tinha ficado fora de casa com alguns conterrâneos, foram até à Praça da Figueira para comprar castanhas e depois voltaram para o Martim Moniz. Quando ouviu o som de ambulâncias e bombeiros, nunca teria podido imaginar que esse ruído vinha da sua casa e que naqueles momentos o Yamir já não estava vivo. Não perdeu apenas um companheiro de quarto, mas um amigo. Era o único, além dele, originário de Goa. Havia cerca de 20 anos de diferença entre os dois, mas estabeleceram logo uma relação amigável e tratavam-se quase como irmãos. O Rami, depois de ter feito diferentes trabalhos, já com alguma idade, tomou a decisão de emigrar para Portugal. Em particular, tinha trabalhado na área do turismo, como porteiro num hotel de luxo, ainda por cima numa cadeia de hotéis portuguesa. Mas as razões que o levaram a emigrar foram outras e mais profundas e estavam ligadas ao passado colonial de Portugal. Até ao momento em que decidiu mudar-se para lá, ouvira falar muitas vezes desse país pela boca da mãe ou na escola, onde os professores falavam muito mal de Portugal e onde, se alguém tentasse aprofundar mais, teria encontrado um muro de silêncio. Uma semana antes de morrer, a mãe dele, Naisha, decidiu confessar-lhe:

*Se tivesses nascido antes do mês de Dezembro de 1961, serias um cidadão português agora e poderias tentar emigrar para a Europa mais facilmente. Eu era empregada doméstica de uma família de um funcionário do governo, Rafael Rodrigues. Naqueles primeiros dias de Dezembro de 1961, pouco antes da Operação Vijay, com a qual a Índia retomaria a antiga colónia de Goa, perguntei à Senhora Ana quando achava que seria a melhor hora para colocar as decorações de Natal. O clima não era o mesmo dos anos anteriores. Isso transparecia dos olhos melancólicos e do nervosismo das respostas. "Vamos esperar ainda um pouco", este é um ano particular. Os ultimatos da Índia a Portugal foram-se tornando cada vez mais insistentes, e insinuou-se um sentimento de cerco que as autoridades mal disfarçavam.*

*Agora vou falar-te de uma coisa que provavelmente te vai chatear. Mas não penses mal de mim. Tinha um relacionamento secreto com o senhor Rafael, que eu amava de verdade, e nunca estive com ele por conveniência, embora, graças à ajuda dele, pudesse enviar os teus irmãos para a escola, com uniformes, cadernos e estojos que muitos não podiam pagar. Não sei se ele me amava, mas gostava de mim. No dia 11 de Dezembro, quando voltei das compras, encontrei a casa em desordem. O salão estava cheio de caixas, e os Rodrigues estavam ocupados a empacotar a melhor roupa e móveis deles. Rafael olhou para cima e, assim que me viu, pegou na minha mão e levou-me para fora do quarto. "Eles estão a chegar." "Quem?", pergun-*

*tei. "Os teus amigos." "Quem são os meus amigos?", respondi, envergonhada. "Esquece, e desculpa, não quero acusar ninguém. Talvez amanhã os indianos ataquem, e temos de estar prontos para partir." "E para onde vamos?" Vi os olhos do Rafael entristecerem-se. "Sinto muito — disse — a ordem de evacuação é apenas para cidadãos portugueses continentais, mas eu não te vou abandonar e prometo que, assim que a situação estabilizar, voltarei para te buscar". Comecei a chorar, e o Rafael abraçou-me com força. Arrastou-me para o quarto dos hóspedes e, tentando não ser ouvido, beijou-me, e fizemos amor pela última vez. O fruto deste último gesto de afeto és tu. Percebi isso alguns meses depois de ele partir. Na madrugada de 12 de Dezembro fui despertada por tiros e pelo barulho de helicópteros e veículos blindados. Saí do quarto, e a casa dos Rodrigues estava vazia. Não havia sinal deles, como se a noite os tivesse engolido. Na mesa de cabeceira havia uma carta e um envelope com várias centenas de dólares. A carta comoveu-me, parecia sincera, terminava com um pedido de desculpas e a esperança de ele voltar a abraçar-me depressa. Não cumpriu a palavra e nunca mais apareceu para me levar para Portugal. Os portugueses, depois de fracas tentativas de resistência, renderam-se às forças esmagadoras da União Indiana, e em poucas horas trocámos de bandeiras. Aparente-*

*mente as pessoas estavam felizes e foram para a praça em festa. Mas aquele domínio colonial de quatro séculos deixou em todos nós, goenses, um legado difícil de esquecer, e mais difícil ainda foi virar a página de uma cultura que, apesar de sentirmos como estrangeira, no fundo nos pertencia, enquanto que a outra, que nos "libertou", mudou subitamente o nosso estilo de vida. Alguns meses depois nasceste. Agora sabes porque o teu nome do meio é Rafael. No início, as autoridades indianas não queriam transcrever esse nome, pois estava muito associado ao passado colonial recente, mas, quando eu disse para o porem como nome do meio, eles aceitaram. Depois de alguns meses de ele ter partido, chegou uma carta do teu pai, a única que me enviou. Dentro da carta havia também algum dinheiro e algumas fotos de Lisboa. Não o odeio, acho que ele agiu para proteger a família. Ele nem sabe que tu existes.*

A confissão da mãe deixou o Rami em estado de choque. A partir daquele momento, todas as vezes que olhava para o espelho tentava vislumbrar os seus traços europeus. Comprou revistas inglesas. Olhou para as fotos, tentando ver semelhanças nos rostos. Mudou o cabelo e a roupa. Deixou para sempre a sua roupa indiana para se vestir "à ocidental", a partir desse dia seria apenas Rafael, Rodrigues para ser mais preciso. Gastou parte das suas poupanças em roupa, mas acima de tudo tentou de todas as formas emigrar para aquela que era agora a sua terra natal: Portugal! Trabalhou no duro por dois anos como carpinteiro e fez outros biscates para poder pagar a viagem. Finalmente conseguiu e com um avião chegou a Lisboa, no final de Abril. Conhecia mais ou menos dez palavras em português. No aeroporto, apresentou-se no serviço de imigração como Rafael Rodrigues. O agente que o registou notou: "Nos papéis que vejo aqui, o Senhor chama-se Rami, então há também esse nome do meio" — disse-lhe observando os documentos com os seus óculos espessos. "Você sabe que o visto de turista é válido apenas por 90 dias? Já fez o seu bilhete de volta?" "Desculpe, mas acabei de chegar, e o Senhor já me quer mandar embora?" "A minha é apenas uma pergunta, estou simplesmente a informá-lo das leis deste país." Imediatamente achou essa terra natal um pouco mal humorada, mas tanto era o entusiasmo que não fez caso. Não tinha nenhum plano. Disseram-lhe que havia uma rua chamada do Benformoso, repleta de compatriotas seus. Mas ele estava lá nesse lugar para abraçar a sua verdadeira nacionalidade, aquela escrita no ADN, não aquela em que lhe tinham feito acreditar ao longo dos anos. Mas afinal acabou mesmo naquela rua, onde encontrou hospitalidade junto de um conhecido do seu irmão, também de Goa, chamado Manik. Tinha trazido uma foto do pai, que tinha encontrado na única carta que ele tinha escrito à mãe. A morada do remetente também estava no envelope. Foi para lá que, dois dias depois da sua chegada a Lisboa, se dirigiu, no bairro de Alvalade, para um elegante edifício de quatro andares. Não sabia o que fazer. Se tocar à campainha ou esperar por alguém ou algo. Ficou lá uma tarde inteira, até que uma pessoa se aproximou do portão, enquanto procurava as chaves no bolso. Devia ter uns 40 anos. Poderia ser o meio-irmão dele, quem sabe. Tomou coragem, aproximou-se dele e no seu português hesitante disse: "Desculpe, o Senhor mora aqui?" O tipo ficou surpreso, olhou para ele e acenou com a cabeça: "Sim, moro neste prédio". "Sabe quem é Rafael Rodrigues?" O homem arregalou os olhos: "Era o meu pai, morreu há dez anos, por que está a perguntar isso?" Rami ficou petrificado. Talvez tivesse encontrado o seu irmão. Queria abraçá-lo, mas não podia. "Vou direito ao assunto. Venho de Goa, a minha mãe conhecia o seu pai" "Que história é essa? A minha família vivia na Guiné-Bissau, não na Índia." Ficou petrificado pela segunda vez. O homem afinal desvendou o mistério: "Um homónimo do meu pai viveu com a família dele no último andar deste edifício. Mas já se foram há anos. Lembro-me que eles vinham de Goa e muitas vezes quando era criança convidavam-me para comer doces indianos." "Sabe onde eles estão?" O homem abanou a cabeça: "Não tenho notícias deles há anos, lamento". Rami voltou da sua missão perturbado. O objetivo mais ambicioso que havia estabelecido, conhecer a sua "família portuguesa", tinha naufragado miseravelmente. Nos dias seguintes visitou Lisboa. Decidiu aceitar um emprego numa das muitas lojas de conveniência indianas. A loja onde trabalhava era de um empresário que tinha mais dez lojas espalhadas pela cidade. O ordenado era o ordenado mínimo português, do qual tinha que tirar os 300 euros para pagar a cama onde dormia, que era atribuída a cada um dos funcionários em apartamentos onde moravam até 20 pessoas. O proprietário gabava-se de ter encontrado e organizado aqueles apartamentos para os funcionários. A sua nova pátria mostrou-se logo muito decepcionante aos seus olhos, embora, permanecendo dentro da comunidade indiana, ele pudesse viver e comer decentemente. De vez em quando tentava sair daquela rua do Benformoso, entrar nos bares e lojas onde viviam aqueles aos quais, a todo o custo, se queria assemelhar, mas no fim dava pontualmente meia volta, sem nunca sentir reciprocidade por parte de ninguém. Uma vez tentou contar a sua história a uma rapariga que era mediadora cultural. A jovem mostrou-se espantada com a história dele e disse que ia falar com um amigo jornalista para tentar escrever um artigo sobre ele. Mas, depois do entusiasmo inicial, também ela desapareceu. O Outono chegou, junto com o frio e os aquecedores elétricos. Foi suficiente uma faísca para queimar o apartamento e acabar com a vida de Yamir. No dia seguinte, na rua era um vaivém de polícias, jornalistas, políticos e curiosos. Todos eles fingiram ter caído das nuvens, prometendo e propondo soluções, e desapareceram assim que a poeira dissipou. Quase um ano depois de ter chegado a Lisboa, o Rami não se tinha transformado no Rafael Rodrigues, a sua nova casa agora eram as arcadas, os jardins ou o submundo do bairro dos Anjos. Não estava de todo sozinho na rua: ao lado dele havia nepaleses, brasileiros, afegãos e às vezes também portugueses. Com as poupanças que tinha, comprou uma tenda e um saco-cama numa loja especializada. Uma noite sentiu uma chuva estranha a cair na lona da tenda. Abriu o fecho e nem teve tempo para entender o que se estava a passar, enquanto um jato de mijo atingiu o seu rosto. Fechou os olhos e pôs as mãos diante da cara. Saltou para fora da tenda. Um dos muitos homens morto-vivos, viciados em crack, sorriu para ele, cambaleante e desdentado, mastigando algumas palavras. O gesto de pôr as mãos diante da cara foi-lhe fatal. O pitoresco elétrico 28 atropelou-o, projetando-o pelo menos cem metros mais à frente. Os paramédicos que chegaram tentaram, sem sucesso, reanimá-lo. O médico, no relatório de óbito, por ter encontrado, entre os itens pessoais dele, os documentos da mãe, resolveu escrever: Rami, Rafael Rodrigues, indo-português. Provavelmente Rami teria ficado orgulhoso do que estava escrito nesse último, gélido, certificado.

# BETINA JUGLAIR

É artista visual, fotógrafa e investigadora nascida em Pato Branco — Paraná que reside no Porto desde 2019 e trabalha com escrita e criação de imagens. É mestra em Estudos de Arte — Teoria e Crítica de Arte pela FBAUP. Suas práticas teóricas e artísticas problematizam as possibilidades da fotografia, escrita e arquivo nas narrativas autobiográficas e na produção de discursos contra-hegemônicos. Tem artigos publicados no Brasil e em Portugal.

## TROVOADA

É noite. As aves gritam como loucas, as pessoas caminham a passos rápidos, os galhos reclamam e fazem cair as folhas, mesmo as que ainda estão verdes. Há qualquer coisa indistinguível no ar. É chegada a trovoada.

Forças instáveis e imprevisíveis, vindas de um lugar desconhecido e que se anunciam no horizonte, bagunçam a rotina do céu — trovões fortes e imponentes, nuvens densas, a fúria do vento. Dentro de casa estou protegida, e observo. Quero aprender com os trovões, captar seu funcionamento. Em frente à janela, vejo os relâmpagos como se fossem fogos de artifício, desenhos rápidos que pairam na escuridão. Não há clareza nenhuma senão a que o próprio relâmpago arranca de dentro de si.

O raio nunca cai no chão, porque ele é a sustentação breve e espasmódica da luz e da vida. Tudo isso se dá num horizonte que não é fechado e que não é linha. É uma área, é um espaço imenso, espichado para todos os cantos. Infinito. Os clarões rasgam o negrume do céu como espasmos:

mesmo quando deixam entrever linhas distinguíveis, as luzes são circulares, vivas, como se seu destino fosse o próprio ar, o próprio movimento. É o raio, imprevisível e indomável, aquele que veio de fora e escolheu dançar aqui, que permite ver a escuridão.

Não ouço nada, mas eu olho para esse céu e vejo o som. Cada clarão é um acorde numa sinfonia múltipla e estrangeira que não segue partitura alguma: é tudo improviso. A trovoada é espontânea, em que os relâmpagos dançam sem procurar destino. Buscam o próprio ar e querem engolir todo o espaço, ao mesmo tempo em que só querem existir na imensidão do céu. Não têm culpa de serem imensos, apenas seguem seu caminho e performam sua existência. Seu movimento é líquido, mas a força é de fogo, rasgo decidido. É inútil querer mensurar ou prever o próximo raio; é um espetáculo do caos e da beleza pura, selvagem, intocada. O sublime.

A real dimensão da trovoada é apenas intuída, uma neblina suja recobre o todo. Cada relâmpago é invasor de um céu outrora limpo e claro, ainda que noturno, pertencente a um mundo repleto de certezas. Um mundo que já não existe, que nunca existiu. Os aviões sem medo atravessam o céu carregado, um a um vão em direção à luz e ao brilho lindo da morte. Arranham o céu, imparáveis eles vão, desaparecem, ressurgem eletrizados. Nada passa incólume sob o poder da trovoada, tudo o que atravessa seu caminho é por ela transformado. O mesmo vira outro.

Os relâmpagos ocupam exatamente o espaço que devem ocupar. Fazem exatamente o desenho que é suposto fazerem no céu, nem mais nem menos. São precisos no caos, na loucura e bagunça que criam. São perfeitos. Quero ser mais como os relâmpagos, ser do tamanho que sou. Aspiro ser força imprevisível que arranco de dentro de mim e espalho. E sempre sou maior do que me permito, mas sou do tamanho que consigo.

O vento que eu sinto acariciar minha pele ainda é tímido, mas sua presença se anuncia forte desde o longe. Vejo a tempestade vindo. Quando vem? Questão de tempo. O presságio é sempre mais comprido que a realidade.

Um arroubo de ar violento de súbito invade a sala, assusta o jornal em cima da mesa, derruba papéis e até um livo pequeno. Mantenho até o limite a janela aberta; quero sentir o poder do vento, minha pele ser levada pela tempestade, meu corpo desmoronar e ressurgir eletrizado.

É hora. Sinto que estão ali, entrevejo por trás da cortina os clarões adentrando o espaço. Aquilo que antes eu sabia de longe, agora intuo sua presença em meu corpo como uma fisgada que invade a pele, como pura luz que irriga a carne.

Chegaram, cheguei, chegamos, trovoada que sou, clarões que somos. Fecho a janela e me ponho a escrever. Chega a chuva, chega a luz, chega a mudança, é finalmente Abril.

# BRUNO MOLINERO

Jornalista brasileiro, é autor dos livros de poesia *Alarido* e *Férias na Disney* (ambos pela Ed. Patuá) e dos infantojuvenis *Corpo de Passarinha* (Ed. SM) e *A Língua do Vendaval* (Ed. ÔZé). Vive em Coimbra, onde faz mestrado em escrita criativa.

## VEM SAMBAR

vem vem sambar curupira vem mostrar sua alegria vem vem bem miudinho trazer seu frescor pros lados de cá curupira vem sambar ensinar requebrar sincopar o calcanhar vem sambar curupira divertir a malta com seu abadá baforar glitter e serpentina rodar salivar até cair lambuzar sambar zanzar curupira sim sinhô sinhô vem vem ser ursa polar desfilar de casaco amolecer nossas bocas exibir seu sorriso suor tropical vem despejar o sumo do maracujá a ereção do abacaxi o batom azul do açaí sambar curupira zunir vem chamar o saci e o boitatá beijar iara e iaiá vem vem cá nos servir curupira trazer a cerveja e os tremoços a alheira e a orelha vem explicar o que é o abará o aaru o acarajé o vatapá e o toque do adarrum curupira vem vem apresentar salvador e o suco do caju mas vem logo já pra suar rodar gritar frevar o rabo arraiar esfregar o garfo até cansar curupira sambar isso vem vem pra cá nos encantar curumim balançar a bunda o caboclo lançar vem mas não esquece os nossos pedidos queremos provar caipirinhas caipiroskas tapiocas e não pode demorar viu estamos sem almoçar vem curupira nos dar maracatu a capa negra de exu o blem do berimbau bernúncia e marujada vem entornar pajauaru com tucupi ter ressaca de bijajica com tutu vem vem saciar a nossa sede curupira nos massagear com guaraná e ervas das matas que vocês não sabem cuidar vem faz careta cospe jurema jamanta jaçanã toca pandeiro tantã cuíca rum rumpi e lé o agogô e o xequerê isso curupira mais pra gente poder filmar gravar o erê a gira obatalá farrear o afoxé vem deixa de enguiço pede pros bambas caprichar que o samba tá baixo a carranca sumiu o prato tá frio precisa trocar vem curupira mas vem já meu menino na ponta dos pés vem vem obedecer acatar atender registrar nossas selfies com boto e carcará momo e colombina pelintra e caipora iansã e iemanjá isso anota tudo bem direitinho pra não errar vem vem sacudir colorir alegrar mas olha escuta muita atenção na quarta de cinzas assim que o dia raiar pode sumir tá correr pra bem longe pros lados de lá pra gente poder trabalhar estudar produzir o pib engordar pois aqui curupira não tem serviço ainda mais pra você é difícil nem adianta procurar então avisa a sua laia oxalá matinta catirina e a turma do boi-bumbá pode sambar pode sorrir pode sangrar e seus santos batucar mas só por hoje vem vem vem sambar curupira aproveita

porque depois quando o galo cantar vê se não erra limpa
toda essa bagunça tira o lixo e volta já pra sua terra

# CARLA MÜHLHAUS

Escritora e brasileira, nesta ordem. Já escreveu biografias e livros de não ficção. Hoje escreve novelas porque acredita que a literatura sacode o mundo. Trocou o Rio de Janeiro pelo Porto em 2018 e até hoje não se arrependeu.
www.acasadomoinho.com.br

## TRATAMENTO DE MINICOMAS

Portugal, 1974. Um ano antes de eu nascer, os militares das Forças Armadas, na Revolução dos Cravos, acabam com a ditadura salazarista, que durou 40 longos anos e deixou, na psique portuguesa, centenas de caravelas de ressentimentos, preconceitos e nenhum verdadeiro descobrimento, só culpas, medos, sombras, chorumes que barram o pão bijou todos os dias.

Porto, 2023. Ouço na rádio que, em 1920, 70% da população portuguesa, maioritariamente rural, era analfabeta. É um índice que costumamos ver nos chamados países em desenvolvimento, de onde supostamente venho. A desinformação sempre foi o prato preferido dos fascistas. No jornal, por ocasião do aniversário do 25 de Abril, leio que foi uma senhora quem deu os cravos aos militares. Celeste Caeiro ainda está viva. Eu também.

Petrópolis, Brasil, 1985. Termina a ditadura militar que por vinte anos instaurou a ideia do "Ame-o ou deixe-o" e outros arrotos ufanistas para o país. Eu tinha 10 anos e ainda não sabia o que era um falso dilema, nem má digestão.

Rio de Janeiro, Brasil, 1995. Absorvo, nas aulas de Jornalismo e nos pilotis da PUC, detalhes pouco educados da ditadura brasileira. Em casa, ouço educadamente que ela não foi assim tão má para o Brasil. Fico com a carne do churrasco entalada na garganta. Eu já tinha alguma ideia do que seria um falso dilema. Torno-me vegetariana, decisão que perduraria por todo o período da faculdade. A gastrite crônica seria para a vida toda.

Brasil, 2016. Vejo a primeira presidenta eleita democraticamente no país levar um golpe. Começo a pensar em malas. No Brasil eu era imigrante de terceira geração, em Portugal eu seria de primeira e estaria apenas seguindo com o costume de emigração da minha família alemã e austríaca. Dizem que a minha avó levou ao Brasil, muito a contragosto, a sua pedra de fazer chucrute. Ela não queria fazer as malas. Em 2018, minha mala estava cheia de pedras. Pode ser triste resolver um dilema. Amar o Brasil, e por isso deixar o Brasil.

Suécia, 1998. É registrado pela primeira vez como Síndrome da Resignação o caso de uma criança imigrante que, por trauma de violência, desligou partes do seu cérebro e entrou em coma. Parou de andar, falar, comer e abrir os olhos. Desde o início da década de 1990 esses casos já ocorriam em crianças que chegavam fugidas, acompanhadas de pais ameaçados de morte por grupos mafiosos em seus países de origem, em geral antigas repúblicas da ex-União Soviética, mas também acontecia com famílias ciganas e dos Bálcãs. A maioria das crianças testemunhou os pais sofrerem violência, e algumas podem ficar nesse estado por anos. A síndrome só acontece na Suécia, e há especialistas que acreditam que isso se deve ao tratamento dado aos imigrantes, que têm permissão para ficarem no país apenas por pouco mais de um ano, podendo ser deportados logo depois. Acolhimento com prazo não é acolhimento. Porque só se recupera quem se sente seguro, já são centenas as crianças-zumbis, mortas-vivas com sondas no nariz e cabelos brilhantes de Rapunzel. Dar abrigo é pôr esperança no prato.

Portugal, Abril de 2024. Liberdade com prazo jamais será liberdade. Talvez eu descubra finalmente que ser imigrante é combater minicomas e indigestões. É preciso jamais esquecer de onde se vem, limpar as ervas podres e ficar com as raízes boas. Não esquecer o cheiro da maresia carioca, o som do samba no bloco de rua, o gosto do feijão e arroz com banana e do mate leão na praia. Não esquecer que posso ser eu mesma, sempre, que sondas gástricas devem ser muito desconfortáveis e que, como escreveu Simone de Beauvoir, para mudar a face do mundo é preciso estar solidamente ancorada a ele.

Escolher o que esquecer, mas nunca esquecer que todo objeto passivo corre em direção à alienação, que liberdade não tem etnia e que o tempo, se não ficarmos de olhos bem abertos, pode se tornar o nosso coma disfarçado.

Voltei a comer churrasco. Há ótimas churrascarias no Porto.

# CIA CRUZ

Nasceu em Luanda e veio viver para Lisboa aos dez anos. Na adolescência, regressou a Luanda, depois retornou a Lisboa, e, desde então, a sua vida tem sido entre cá e lá. É professora, poeta e contista, formada em Letras pela Universidade de Lisboa. Para si, a escrita reflete o real, onde busca inspiração para as histórias que conta.

## QUATRO CAMINHOS

Fora viver com a minha mãe para Lisboa, como vários angolanos que, durante a guerra civil nos anos oitenta do século passado, se mudavam em busca de melhores condições de vida. Um tempo depois, ela começara a dar aulas pelos liceus da cidade, até conseguir uma vaga num colégio no Campo Grande. Morávamos em Queluz, onde podia pagar a renda, o apartamento era simpático, ensolarado, com soalho e um pequeno jardim à entrada do prédio. Ficava perto da estação, após os Quatro Caminhos, o que parecia perfeito naquela altura em que procurávamos dar uma nova perspetiva às nossas vidas.

Entrara para uma escola secundária próxima de casa, onde havia imensos alunos africanos, entre cabo-verdianos, guineenses e angolanos, chegados pela ocasião das independências ou nascidos ali. Estranhamente, apesar da origem e do tom de pele congênere, no resto eu divergia deles. Nas conversas, nos interesses e, sobretudo, no isolamento a que estavam submetidos, longe da grande cidade de onde os pais vinham em multidões, ao fim da tarde. Eles também me deviam achar esquisita, pois pouco me falavam, a não ser um ou outro rapaz que me lançava algum piropo, gerando o mau-olhado das meninas. No meu canto, eu apercebia-me da rivalidade entre as meninas brancas e negras, disputando os rapazes africanos. Entre as negras, algumas olhavam-me com desdém, deviam pensar que era uma privilegiada, que não sabia o que era ser chamada de preta a vida inteira.

Era a sociedade portuguesa livre, fruto da revolução de Abril de setenta e quatro, impulsionadora das independências pelas anosas colónias, que muitos tinham, no entanto, abandonado, dececionados com os caminhos seguidos, mas encontrando novas situações de exploração. Operários e servidores de segunda, alojados pelos concelhos de Amadora e Sintra, separados — pela longa linha do comboio — dos de primeira, desempenhando funções menos qualificadas, atividades manuais ou fisicamente exigentes, com conjunturas laborais e salariais precárias, constrangimentos com a habitação ou legalização, alvo de discriminação racial, étnica e de género. Homens erguendo edifícios nas obras de construção civil, mulheres elaborando a lida doméstica em casas de portugueses, cuidando dos seus filhos, sob o olhar indolente da sociedade e dos políticos, resignados com a posição inferior na pirâmide social por décadas.

Esforçava-me para entender e interiorizar tudo aquilo, mas ajustar-me significava aceitar a condição marginal e os conflitos inerentes. Eu sonhava com outros mundos, como os dos romances estrangeiros que devorava da estante da minha mãe, cujas leituras partilhava nas tertúlias com os amigos dela — professores, jornalistas, escritores —, tentando desafiar a timidez. Tinham-se conhecido quase todos no período da faculdade em Lisboa, alguns desde o longínquo Liceu Salvador Correia em Luanda. Uns tinham ficado de vez, terminada a faculdade; outros, entre portugueses e angolanos, regressado desde a independência em setenta e cinco, fazia pouco mais de dez anos. Recordavam-se saudosos dos tempos da juventude em Luanda, e da faculdade em Lisboa, incluindo as memórias da Revolução dos Cravos, presenciada *in loco* pelas ruas cheias de estudantes cantando a "Grândola, Vila Morena". Eu, que apreciava poesia, descobrira com eles poetas portugueses com reconhecidos poemas sobre o vinte e cinco de Abril de carácter revolucionário, que os aproximava de certos poetas angolanos. Todavia, aquela mania de ler livros de mais velhos contribuía para me afastar dos mais novos.

Na escola, fizera apenas uma amiga, uma menina portuguesa, filha única como eu, de um talhante. Às vezes, íamos almoçar à casa dela, que ficava num edifício frio com as paredes das escadas revestidas a granito. Assim que entrávamos, ela ligava o aquecedor, íamos para a cozinha e preparávamos bifes, febras ou salsichas frescas no fogão a gás, que o pai dela deixava temperadas no frigorífico. Conhecera-o num desses almoços rápidos. "Também sou de lá!", dissera-me amigavelmente. Contara-me que nascera e crescera em Luanda até aos vinte anos, tendo ido uma só vez a Portugal, antes de se dar a independência. Era filho de um comerciante português que perdera tudo em Luanda. A família vivera numa pensão por dois anos, mas, aos poucos, tinham-se reconstruído. As portas que Abril abriu, como disse o poeta. Possuía um talho na Amadora e pagava as prestações do apartamento deles, em Queluz.

Almoçadas, voltávamos apressadas para a escola, mas não tínhamos sempre as mesmas disciplinas, e, enquanto a minha amiga corria para as aulas, eu deambulava sozinha pelo pátio da escola. Pensava nos amigos da minha mãe, que pareciam ter-se integrado na sociedade portuguesa, e em como isso lhes devia ter custado, se por casualidade tivessem tido de renunciar a quem eram, como aquele humilde homem. Sentada num banco do campo de treinos, olhava para os estudantes africanos tentando reconhecer algo neles, mas papeavam em crioulo ou os seus sotaques eram aportuguesados, as suas conversas distintas das a que estava habituada. Sentia-me uma ave rara. Nem o meu nome — Xissole — sabiam proferir corretamente.

A minha mãe fora chamada à escola e informada sobre a geral desmotivação escolar. Contudo, o que eu tinha eram saudades de casa — dos parentes, dos amigos, da comida, do sol quente logo pela manhã, do jeito demorado das gentes. Ali, tudo era mais rápido. De manhã, as indicações apressuradas da minha mãe quanto às luzes a apagar, o gás a fechar, as chaves de casa a guardar, ou as refeições a aquecer ao fim do dia, caso voltasse tarde. Na escola, um toque depois do outro, as corridas com a minha colega depois do almoço, para regressar atempadamente às aulas.

Perdera esse ano por faltas, eu que era tão boa aluna. A minha mãe, preocupada, no ano seguinte matriculara-me no colégio onde dava aulas, e íamos e voltávamos juntas de comboio toda semana. De volta a casa, ao chegar aos Quatro Caminhos, pensávamos silenciosas em que rumo prosseguir nas nossas vidas, se por ali, se pelo outro lado da linha, se para Lisboa na manhã posterior, se de volta para Luanda.

# DAI RODRIGUES

Nasceu em Minas Gerais/Brasil e atualmente vive em Lisboa/Portugal. Trabalha com a cena e a palavra. Se pudesse ir a um show, veria Cássia Eller; se fosse para escolher um personagem, seria Orlando; e está sempre a dizer "trem bão" por aí.

tomou emprestado um punhado de orégano que estava na prateleira da cozinha, dando mais sabor ao seu sanduíche de queijo. na manhã seguinte se atrasou e não teve tempo de tomar o pequeno-almoço em casa, pegou então três fatias de torrada de uma embalagem etiquetada com o nome kelsie. pra semana foram duas bananas etiquetadas de lucca, iogurte natural meloddie e avocado rosalba. seguiram-se bolachas mike, grãos de bico aurora, cerejas ibrahim, salsichas marlon, azeitonas pretas zoe.

viu a caixa de cereal matinal marcellus aberta na prateleira ao passar pela cozinha. encheu as mãos com os crocantes de chocolate e devorou tudo de uma só vez. era uma fria manhã de outono, avistou um pombo no telhado vizinho a encolher-se por entre suas penas, mas este logo abriu as asas e pousou sob a janela. o pássaro então passou a mirá-la de perto com a boca cheia. alguém abriu a porta, de repente, e ela se precipitou em direção à janela tocando o pombo para fora, na tentativa de disfarçar o susto que havia tomado. agora, debruçada sobre o parapeito, ela cuspia a massa escura que ainda não havia engolido, e o pombo, mais que depressa, voou até a calçada para bicar a gosma lançada. ela voltou-se para o interior da cozinha e percebeu que o hóspede estava junto à prateleira em busca de comida. saiu sem ser notada.

passou então a comer no banheiro. assim que chegava ia até a prateleira e recolhia um bocado de comida. colocava na bolsa, subia para o sanitário, vestia o uniforme e de dentro de uma das cabines comia o que havia separado para o pequeno-almoço, depois para o almoço, lanche da tarde, o jantar. descartava sempre as embalagens na sanita. um dia tudo transbordou, mas com a ajuda da escova sanitária conseguiu empurrar de volta.

"se comieron mis papas fritas", um disse, "también se comieron mis fresas", o outro respondeu. por acidente acabou ouvindo dois hóspedes enquanto atravessava um dos quartos, também escutou uma senhora se queixar na recepção sobre o desaparecimento do seu chouriço, e do salão de convivência alguém perguntar a alguém onde foi parar toda a sua comida, e da cozinha perceber uma pessoa dando falta dos ingredientes que havia comprado para preparar o jantar.

do quartinho dos fundos de um prédio no centro da cidade, para onde sempre retornava, olhava pela janela com um cigarro aceso na mão. a vista não dava para nenhum sítio, a não ser para a tubulação de um prédio comercial que cobria os outros em volta. olhava as pombas que se recolhiam em descanso naquele cubículo todas as noites. naquela ocasião trouxe consigo alguma comida na bolsa para oferecer-lhes. elas nunca disfarçavam, elas sempre notavam a presença dela.

na manhã seguinte chegou cedo ao trabalho, como de costume, se direcionou até a cozinha e se deparou com a prateleira completamente vazia. dois homens apareceram e a acompanharam até o andar de cima, pelo corredor, até a última porta. o dono do hostel, a recepcionista e todos os hóspedes estavam reunidos no banheiro à sua espera.

conduziram-na então até a primeira cabine. a sanita estava entupida – pães, queijos, frutas, sanduíches, doces. os olhares, finalmente, pareciam que conseguiam-na enxergar, e esperavam que fizesse o que deveria ser feito. ela então se ajoelhou de frente para a sanita e retirou o sanduíche de frutos do mar que boiava, olhou para os hóspedes, olhou para o sanduíche e começou a engolir. depois sacou uma ameixa vermelha e tentou secá-la com a blusa antes da primeira mordida, devorou-a até o caroço. vieram então as batatas chips, milho enlatado, empanada de legumes, bifana no pão, o pastel de nata. seguiu-se um grande banquete.

devorou tudo e se reergueu, prestes a sair dali. entretanto, conduziram-na até a segunda cabine, onde um enorme frango assado estava entalado na sanita. não aguentava mais, mas esperavam que ela o fizesse. começou então a despedaçar o assado com as mãos e a enfiar generosas fatias de frango goela adentro. sentiu um murro na boca do estômago e tudo dentro dela jorrou de volta para fora. o corpo caiu tombado no chão.

todos à volta não acreditavam, não esperavam que ela não fosse aguentar. olhavam surpresos uns para os outros e de volta para ela sem saber o que fazer. alguns tentavam reanimá-la jogando a água da sanita em seu rosto, outros removiam os pedaços de frango que ainda restavam na boca, mas o corpo não se mexia mais. entretanto, de repente, um vômito preso desobstruiu o pedaço de frango que estava entalado e a trouxe de volta. todos agora se abraçavam excitados e respiravam aliviados e gritavam juntos um “viva!” de alegria. ela mal conseguia se apoiar de pé, porém ainda não havia terminado, e tiveram-na que arrastar até a terceira cabine. antes que pudesse perceber o que a esperava dentro da sanita, sua cabeça caiu apoiada sobre o assento. ela então pôde ver na janela, ao fundo, a pomba novamente mirando-a do telhado vizinho. ela sorriu.

na manhã seguinte, chegou cedo ao trabalho como de costume, se direcionou até a cozinha e olhou a prateleira repleta de comida. subiu até o banheiro, deu descarga nas cabines até tudo transbordar. naquele dia resolveu se dar um presente: preparou uns pães de queijo, foi até um parque, estendeu uma toalha colorida sobre a grama e deu uma dentada. os pombos então se aproximaram depressa. eles nunca disfarçavam, eles sempre notavam a presença dela.

# FLÁVIA SIX

É brasileira e mora no Porto desde 2018. Formada em Jornalismo e em Literatura, ela encontra nas palavras o seu ofício. Tem participação em várias antologias e revistas literárias, incluindo o segundo volume do *Volta para tua terra*.

## UMBILICAL

O ar prateado ofusca o risco
que liga a água ao céu,
e só se vê a linha do pescador Joaquim.

Apesar de já não fazer sustento do mar, Joaquim sai constantemente para pescar. Levanta-se ainda quando escuro e segue o seu trajeto até a praia. Ficam para trás a esposa e os netos que hoje são filhos. A cada passo que dá em direção ao mar, Joaquim afasta-se das preocupações, dos choros e dos deveres de casa. Reencontra-se a si próprio, no lugar em que nasceu para ser. Com o tempo ainda curto no dia, as ruas esvaziadas ressoam o som dos pedregulhos contra as solas dos sapatos do Joaquim. As gaivotas voam em torno da vara alta às suas costas, anunciando de longe a chegada do pescador.

De frente à água, ele analisa o movimento das ondas e a direção do vento. Sente o cheiro de estar em casa. Senta-se no assento de pano costurado pela esposa Berta e abre a caixa de ferramentas, que se expande pelas laterais. Verifica os ganchos construídos à mão, busca o fio de náilon e espeta uma isca no anzol. Estica o corpo para trás e arremessa a linha ao mar. Quando o anzol encosta na água e abre círculos em cascata, Joaquim relaxa as costas no apoio de Berta.

Bem se lembra de quando jogou ao mar a sua primeira isca, tinha apenas sete anos. Aos quatorze, tornou-se pescador, seguindo o pai e o avô, e o pai do avô. A família viveu mais em onda que em terra firme, e isso é orgulho na vila. Traziam os peixes grandes e às vezes contratavam rapazes que já tinham vontade de ser homem. A faina exigia do corpo, mas dava o sustento na mesa do jantar. Para Joaquim, o mar sempre fora lugar de contemplação. Ainda quando criança, ia até a costa a ver se encontrava o pai no horizonte, mesmo que a partida fosse antiga. Depois o pai voltava para contar as histórias de aventura, de ondas, monstros, vitórias e a proteção divina. É no mar que se encosta no mundo todo, tal como os seus antepassados fizeram. E ainda se lembra do que dizia o pai: "além desse azul, tem muito Portugal. Lá do outro lado, cheio de plantas, de onde trazemos as coisas boas e gente que é feita para o trabalho. É tudo Portugal, meu filho".

Joaquim, já com o rosto marcado pelo tempo, mantém os olhos na linha que o conecta ao fundo, atento a cada vibração. A passos lentos, aproxima-se o seu António, um parceiro de pesca. Vem com o seu corpo justo, a boina surrada e o bigode que lhe esconde a boca. "Meu caro amigo, já estava a pensar que não vinha", cumprimenta-o Joaquim. Seu António devolve uma resposta inaudível, lança o anzol para longe e recosta-se ao lado do colega. Alguns minutos de silêncio sublinham as gaivotas no ar, enquanto a luz dissolve lentamente a neblina. Joaquim mergulha nas lembranças marítimas e diz:

"Sabe, meu amigo, quando olho para o mar, eu sinto grande orgulho. Pois houve um tempo em que o Português partiu ao desconhecido e abriu o mundo, como uma chave mestra. Trouxemos riquezas e glória. Nós andámos por tudo, o mar é a nossa grande conquista. Esse fio que temos em mão é o cordão umbilical por onde atravessou a modernidade. Depois de tanto trabalho, eu venho agora olhar o mar como um pai saudoso a admirar a sua obra. Quando a Europa se limitava a reduzidas fronteiras, o Português mostrou a sua grandeza ao dominar os oceanos. Fizemos caminhos transatlânticos e semeámos a unicidade dos povos. Mas saiba, meu caro amigo, que ainda temos muito a ensinar. Pois, se construímos o caminho do mar, é a hora de mostrarmos o caminho do espírito. Temos de nos libertar da labuta, despreocupar o corpo e a cabeça, para podermos, enfim, contemplar a existência".

Seu António mantém os olhos em frente e responde com um pigarro. Joaquim analisa a altura do sol, espreita o relógio de pulso e abre o zíper da bolsa para pegar os sanduíches que Berta preparou para o lanche. Tostas de atum sem as bordas do pão. Ele dá uma dentada e continua: "O homem não foi feito para estar a pensar nos pequenos afazeres da vida. Temos de viver descansados, abandonar o *fazer* para alcançarmos a plenitude do *ser*. Só assim concretizar-se-á a nossa verdadeira essência, essência essa que Portugal deve cultivar mundo afora. Pois todo homem merece ser livre. E foi em busca de liberdade que, há centenas de anos, abrimos os braços ao Atlântico e andámos por cima das águas, a fim de salvar as almas de todos aqueles que vagavam perdidos".

A alguns metros dali, um barco de pesca atraca no porto. Dentro dele, já não se ouve o bom português. Os trabalhadores são buscados ao estrangeiro. Indonésios, senegaleses e pessoas da Guiné gritam diversos sotaques enquanto carregam às costas o pescado que, comumente, Joaquim compra para a mulher Berta preparar o jantar.

# FREDA PARANHOS

Travesti brasileira, é presidente da TransParadise, uma associação que defende os direitos de pessoas transvestigêneres migrantes em Portugal. Editora-chefe da *Vibra Magazine*, roteirista, dramaturga e investigadora, vive em Lisboa.

K: Eu não estou bem, isso tudo está me deixando muito confusa. Eu sei o que eu vi ontem. Eu não estou louca. E para piorar, hoje de manhã desci no café e escutei 3 homens cochichando: "Olha o travesti da televisão." — 21:37 √√

K: 40°19'20.4»N 8°23'04.2"W 🚘 2h45 min. — 22:01 √√

K: Me tira daqui, tem gente no quintal. Socorro. — 22:02 √√

F: Consegui um carro, estou a caminho. Por favor, se esconda. — 22:13 √

O tempo havia se transformado em um viscoso mar de angústia, alterando cada momento numa eternidade de tormento. Cercada pelo gélido abraço do inverno, uma onda de pavor me inundava enquanto eu me distanciava de Lisboa, rumo ao norte desconhecido. Através do vidro embaçado do carro, a paisagem se desdobrava em um verde nauseante. Escondida sob a minha saia, levava uma faca — um peso frio contra a minha pele, um lembrete da incerteza que me aguardava.

Na chegada, mergulhei em uma atmosfera etérea e deslocada. Depois de visitar as coordenadas exatas do GPS e nada encontrar, encaminhei-me a uma delegacia que parecia um relicário de um tempo outro, um covil de homens estampados pela uniformidade, marcados pela mesma cor, gênero e terra, um coro monocórdico de vozes que jamais cantariam minha canção. Cada oficial, entranhado nas raízes de uma fraternidade atávica. E eu, uma presença incongruente e abjeta, trazendo à tona uma denúncia de desaparecimento.

— Vocês são irmãs mesmo? — um policial com bigodes manchados pelo alcatrão questionava, me analisando de cima a baixo.

— Somos parentes — rebati, tentando preservar a dignidade diante do escárnio evidente.

A burocracia insistiu em mais informações para alimentar os campos de um sistema não apenas obsoleto, mas também impregnado de preconceitos:

— Ela ainda tinha pênis?

O tempo vacilou, suspenso no uso daquele verbo no passado, antes que o medo cedesse lugar ao cinismo, a única defesa viável.

O senhor não sabe? — retorqui, o sarcasmo tingindo minhas palavras.

A explicação que se seguiu revelou o mais completo dogmatismo social totalitário:

— Em Portugal, os trans só são reconhecidos após a cirurgia — afirmou a autoridade colonial.Então pode continuar me tratando no masculino — disse, minha voz impregnada de um desdém resignado.

Já ultrapassava as duas da manhã quando me confrontei com a intransigência do horário, um limite burocrático que se somava ao peso esmagador de desespero e incredulidade que já me asfixiava.

Por quê? — minha pergunta era um reflexo da incredulidade e da frustração que me consumiam.

— Protocolos nossos — foi a resposta desinteressada, uma despedida fria que me deixou ao relento com a promessa vazia de um retorno pela manhã.

Abandonei a esquadra e retornei às coordenadas marcadas pelo GPS. Com cada passo adentrando uma densa vegetação, meu empenho se voltava para a busca de um corpo desaparecido. O manto da noite era rasgado apenas pelo feixe da minha lanterna. Em minha busca atormentada por algum sinal de sangue, o coração batia descompassado, pulsando em uma agonia que parecia apertar minha garganta, sufocando cada fôlego com a tensão do momento. A umidade era onipresente, uma água lôbrega e pantanosa insidiosamente invadia meus calçados, adicionando um peso tanto físico quanto psicológico à minha busca. Em meio àquela cena de desolação, cada sombra parecia ocultar segredos sombrios, cada sussurro do vento entre as folhas soava como um murmúrio confidencial da própria natureza, cúmplice de uma tragédia velada.

Retornei à moradia oculta onde ela buscara refúgio, uma construção desolada, privada de eletricidade e água corrente. O interior estava em um estado de caos absoluto, como se um vendaval de desespero tivesse passado por ali, espalhando seus pertences em um turbilhão de desordem. Uma bolsa abandonada, seu conteúdo revelando a presença de preservativos, um batom partido ao meio, cartões de banco espalhados, roupas atiradas em montes desordenados. Cada peça, um testemunho silencioso do tumulto interior que agora me consumia. Enquanto vasculhava os resquícios de sua existência, um sentimento nauseante tomou conta de mim, um vórtice de incerteza e medo me engolindo. Questionava-me incessantemente: teria ela escolhido desaparecer na penumbra da noite, ou teria sido arrastada contra a sua vontade para o abismo desconhecido?

Nas mãos trêmulas, quando me dei conta, segurava contra o pescoço do namorado de K, que em dado momento decidiu adentrar o recinto, a faca — um testamento da mesma matéria da memória metálica e coletiva, onde se refletiam as inúmeras faces daquelas que, com giletes escondidas na boca, enfrentaram a brutalidade com a coragem de quem tem tudo a perder, exceto a própria identidade.

Como você pôde não vê-la? — as palavras saíam de mim com uma mistura de incredulidade e acusação, cada sílaba carregada de uma urgência angustiante. — O que você fez com ela? Quanto te pagaram?

As informações que os policiais me forneceram sobre ele formavam um mosaico de contradições: um ex-tradutor belga que prestava serviços à esquadra, agora manchado pela ficha de tráfico, ainda atrelado a serviços comunitários semanais, apelidado carinhosamente pelos policiais de VanDe.

O que você está tentando esconder? — a traição parecia ainda mais amarga ao lembrar que K havia depositado sua confiança nele, buscando refúgio das ameaças mortais que a perseguiam por todo o país.

Estava a ser ameaçada? — a ingenuidade em sua voz quase parecia zombar da gravidade da situação. Com um gesto decidido, baixei a lâmina, permitindo um breve momento de trégua antes de apertar o play no áudio que capturava a sinistra caçada que ela estava sofrendo pelas ruas de Lisboa, a voz do perseguidor carregada de uma intenção mortal.

Mas por que ela se tornou alvo de tais hostilidades? — sua confusão era evidente, um sinal de sua desconexão do mundo além das paredes que o cercavam, um mundo que não podia ser ignorado ou desligado.

Você não acompanha as notícias? — retruquei, impaciente com sua ignorância. — Está por toda parte, nos jornais.

Sua confissão de não possuir nem TV nem internet apenas ampliava o abismo entre nós, e a minha desconfiança. Estávamos imersos em uma questão muito maior do que sua aparente simplicidade sugeria, uma tempestade política que se desenrolava nas ruas, ressoava através dos meios de comunicação e se infiltrava nos corredores do poder. A questão transcendeu as fronteiras de um protesto contra um casting transfake, tratava-se de uma luta pelo direito de poder existir sem ser nas margens das margens. O cerne da discórdia era um debate que agora consumia a esfera pública de pelo menos três continentes, uma proposta controversa que havia alcançado as mesas de discussão de Câmaras Municipais, provocando acaloradas e polarizantes opiniões, envolvendo não só o Ministro da Cultura mas também uma ampla gama de figuras públicas como políticos, comentadores, jornalistas, podcasters, influencers e artistas, cada um contribuindo para a intensificação do debate.

Ele proferiu o juramento com uma convicção que parecia desafiar a gravidade, negando qualquer envolvimento naquilo. Sugeriu, com um desdém quase casual, que talvez fossem outros, figuras efêmeras na vida dela, afinal, era parte de sua "outra" profissão, segundo ele. A voz do policial, uma presença constante e inabalável nos meus ouvidos, ressoava com um ceticismo frio, rejeitando a seriedade da minha queixa, como se a urgência da minha preocupação fosse nada mais do que o zumbido de uma mosca. O tempo se desenrolava em uma lentidão agonizante, cada segundo esticado pelo peso do não saber, pelo terror da imaginação que me lançava em um mar de possibilidades sombrias sobre o destino de K.

As mensagens e os áudios que ela havia compartilhado comigo nos últimos dias invadiam minha consciência, um caleidoscópio de alertas e medos que faziam minha espinha gelar. Pensava em Gisberta Salce. Em Dandara. Em Laura Vermont e nos dois policiais presos por fraudar provas do crime de seu assassinato. Traumatismo cranioencefálico e insuficiência respiratória por ação de objeto contundente. Nas mais de 150 pessoas trans brasileiras assassinadas todos os anos (só as de que se tem registro). Penso em mim. Penso nela. Penso nas minhas amigas. Penso em nossas fugas, nas migrações forçadas, nas exiladas, espancadas, esfaqueadas, estupradas, desmembradas, deflagradas, degoladas, ameaçadas, aniquiladas. Só sei soluçar de chorar.

Ao despontar do dia, retornei à delegacia, determinada a fazer com que meu depoimento fosse aceito. Horas se desenrolaram em uma agonia silenciosa, enquanto eu batalhava não só pelo reconhecimento da gravidade do meu apelo, mas para ser ouvida. Em um momento decisivo, o sargento, sob os olhares atentos de seus subordinados, sentenciou com um peso irrevogável e aos berros: minha denúncia de desaparecimento seria descartada. Sua declaração retumbou pelo recinto, uma onda sônica que carregava em si o temor latente de que a concretização de minha denúncia pudesse incriminar a corporação por invadir a privacidade de alguém que, porventura, escolhera desaparecer. Eu estava imóvel, firme em minha resolução de não sair dali até que a versão oficial fosse oficialmente registrada.

Meu olhar encontrou o da única oficial mulher na sala, uma imigrante de origem romena, e, em um ímpeto, disse a ela:

Se todos os homens aceitassem esse tipo de denúncia como se fossem de suas filhas, não estaríamos passando por isso.

A resposta dela não veio em palavras, mas em um olhar lacrimoso e um aceno sutil de cabeça. Um gesto breve, mas carregado de significado. Sabia que, naquele momento, tínhamos feito um pacto dentro de nossas mulheridades que se interseccionavam. Foram poucos segundos, mas eternos no reconhecimento mútuo de nossas opressões. Após uma breve saída, seus gritos de confronto com a corporação reverberaram por aquela estrutura falida, marcando o retorno com uma declaração que se gravaria em mim:

Prefiro responder a um processo disciplinar por insubordinação do que ter de acordar pela manhã e ler que mais uma mulher entrou para as estatísticas.

O clique no botão "enviar" da denúncia incitou uma insurreição de resistência contra um sistema que flerta perigosamente com a indiferença frente ao apagamento e à marginalização da população trans, uma estrutura que, em sua inércia, nos extermina em um projeto necropolítico. Juntas, apertamos o botão vermelho, desencadeando uma mobilização urgente: grupos de busca se formavam, comunicações sobre o desaparecimento se espalhavam por todos os jornais e meios de comunicação, e estratégias eram traçadas. Cada nova pista era um fio de esperança na incessante busca por respostas. Dias se passaram. O processo avançou para a Polícia Judiciária, e fui chamada a depor. No caminho, meu celular tocou. Era a Guarda Civil Espanhola de Madrid:

"Hola, señorita Freda, la llamamos para informarle que su hermana Keyla Brasil está siendo escuchada por nosotros e irá a un refugio para proteger a víctimas de fobia LGBT."

Minha irmã travesti,
viva.

# GIOVANA CHICONELLI

É escritora, roteirista, diretora e carioca (nessa ordem de importância). Escreveu e dirigiu filmes premiados internacionalmente. Hoje, mora em Lisboa, onde tenta não envenenar as pessoas com sua culinária instintiva.

*

Eu acabo de mandar a sétima mensagem em menos de 24 horas para a Maju, quando escuto a voz grossa do Francisco vinda do único banheiro do apartamento minúsculo onde eu moro. Localizado fora da área da Grande Lisboa porque era a única coisa que eu, Maju e Gabriela podíamos pagar.

"Tu foste à praia?", diz Francisco. Eu não entendo a pergunta.

Não porque ele não falou de forma clara, ou por ele estar longe. Nossas paredes são finas como seda, e eu consigo escutar telefonemas pessoais, gavetas fechando e masturbações alheias. Eu não entendo a pergunta porque estamos no final de Dezembro, e até mesmo em Portugal é uma ideia idiota ir à praia no clima glacial que ocupa o país nesse momento.

Francisco chega na porta do meu quarto tão confuso quanto eu. "Tem areia portuguesa no seu banheiro. Bué areia."

"Como você sabe que a areia é portuguesa?", eu pergunto irritada. Suponho que a areia dele não seja especial. Única dentre todas as areias do mundo.

A culpa do meu humor não é dele, e sua ideia eurocêntrica de areia, mas da Maju. Eu estou irritada por estar sendo ignorada pela minha colega de casa. De novo.

A falta de resposta não é fora do comum, o estranho é o tempo que ela está levando para me responder.

Tudo tava muito esquisito, desde que a Maria Júlia chegou a Portugal. Ela saía muito. Nunca estava em casa, nunca se encontrava com a gente. Ela preferia perambular pelas ruas de Lisboa com seus novos amigos europeus.

Nunca vou esquecer a forma como ela olhou pra mim quando eu e Gabriela rimos do seu sotaque "novo" forçado no português de Portugal. Dá pra notar um ego ferido pela raiva ácida que ele causa no olhar.

Mudar de país é complicado. Eu mesma comecei a fumar e a tomar chás de infusão quando cheguei aqui, não havia razão para preocupação.

Eu conhecia Maju da escola, anos cheios de certeza de sua integridade, sua personalidade forte. Ela fez campanha pro Psol, ela fez cartazes para manifestações, ela chorou quando o Bolsonaro ganhou. Era uma fase. Ia passar.

Eu não sei se foi impressão minha. Mas parecia que ela ficava menor toda vez que eu a via. Chamando ônibus de autocarro e metrô de métro, fingindo não entender quando a gente falava de rotundas e não rotatórias.

Até o dia em que chegaram as dores.

"As praias de Portugal são novas. Não viraram bacias sedimentares ainda. Então as areias são novas, com grãos maiores, mais duras, eu tive uma aula só sobre areia no semestre passado", continua Francisco.

Eu me levanto da cama e vou inspecionar essa areia da qual ele tanto fala.

Uma semana atrás, Maju chegou em casa com a pele seca, descascando nas mãos e nos pés. Nós lhe dissemos que deveria estar desidratada, que ela deveria beber mais água, ou ir ao médico. Foi aí que ela descreveu suas dores. Agudas, como se não viessem do músculo, nem do osso, nem da veia, mas de um lugar mais dentro de si mesma. Eu e Gabriela não entendemos, trocamos olhares de desdém. Maju adorava inventar doenças novas quando estava entediada.

Agora, eu a vejo, na frente do chuveiro que sempre vaza água quando a gente toma banho por mais de 15 minutos. Um monte de areia. Areia até demais, como se de um buraco na praia cavado por uma criança animada. Areia. Bem em cima dos chinelos Havaianas da Maria Júlia.

Quando mando o e-mail me oferecendo para escrever o obituário de Maju, recebo de volta uma resposta elaborada e cheia de frivolidades, cujo resumo seria: "Não se escreve obituário para quem não morreu, sua idiota".

Um fato. Claro e simples diante de mim. O problema é que Maria Júlia morreu. Eu acho que ela morreu, eu a senti se esvaindo mesmo antes dela desaparecer.

Morre Maria Júlia Cordeiro, 27 anos, natural do Rio de Janeiro. Nunca roubou um emprego de um português, Maria Júlia. Recusou-se a arranjar um emprego no lugar de um português e ficou desempregada por meses. Desfez-se de seu sotaque cheio de chiados segundos após chegar em Portugal.

Seu corpo cheio de dores se transformou em azulejo, em prédio abandonado, em hotel para turista rico. Suas mãos são pó.

Ela não morreu, mas esvaiu-se.

Sumiu e nunca mais vai voltar.

A melhor imigrante que temos em Portugal.

Eu vou me despedir de Maju na praia, nova, não uma bacia sedimentar ainda. Eu derramo a areia que antes foi minha melhor amiga no mar, e o vento forte da costa me cega por alguns instantes. Partículas dela pegam nos meus olhos e no meu cabelo.

# HANNAH BASTOS

É paraibana e mora na cidade de Guimarães, Portugal. Mestranda em Literaturas de Língua Portuguesa pela Universidade do Minho. É criadora, facilitadora e curadora do Mulheres do Atlântico, um clube de leitura dedicado às literaturas africanas e afrodiaspóricas produzidas por mulheres. Produtora cultural no *Minha Poetry Slam*, campeonato de poesia falada, e também do evento *Mulheres do Atlântico — Nossa Literatura*. É autora do livro *Sereias-Anjos Nadam ou Voam?* (Urutau, 2024) e tem conto e poemas publicados em antologias e revistas literárias no Brasil, em Cabo-verde e em Portugal.

## ALADDIN

Acabara de sair do supermercado. Trazia poucas coisas na sacola de plástico com um logotipo exageradamente escrito “supermercado poupa tudo”, em vermelho escarlate. Tinha tido sorte hoje, sobraram uns trocos no bolso. Enquanto caminhava ao longo da fila de carros estacionados na berma da pacata rua que circundava o estabelecimento, olhava-se no reflexo dos carros, caminhando e acompanhando-se pelos reflexos dos vidros. Indagava-se se ter saído com roupa de ficar em casa e uma máscara de poucos amigos poderia deixá-la invisível desta vez.

Aquele ponto da cidade parecia uma emulação do jogo do *Aladdin,* no Super Nintendo. Era assim que ela encarava aquela zona, uma missão a ser cumprida. Sim, caras e caros leitores, a nossa heroína é dos anos 1990, e eu tenho de ir buscar nas memórias dela pontos de referência para vos contar esta história de uma maneira próxima aos fatos ocorridos. O jogo consistia de várias fases em que o herói, Aladdin, uma espécie de Robin Hood de Agrabah, juntamente com seu fiel companheiro Abu, um macaquinho metido a esperto, tinham de enfrentar e ultrapassar uma série de guardas da realeza, que os viam como inimigos mortais, enquanto tentavam acumular maças, pães e diamantes pelas ruas da cidade de Agrabah sem serem capturados ou mortos, que para o jogo significava a mesma coisa, o fim. As outras fases são todas parecidas, apenas com um nível de dificuldade maior a cada nova fase, mais guardas reais enfurecidos, alguns pisos falsos, cobras dentro de cestos, enfim, aquele arsenal de obstáculos característicos dos videogames.

Ela parou em frente à faixa de pedestre, início do obstáculo ponto A, e, antes de atravessá-la, calculou a menor rota a ser feita, de modo que conseguisse cruzar a alameda, evitando o máximo possível dos aglomerados que os idosos formavam ao redor de cada banco de madeira daquele pacífico espaço arborizado, que no verão se tornava um oásis nos dias de intenso calor, bem no coração da cidade. Os senhores, agora aposentados, passavam horas sentados nos bancos da alameda, jogando damas, cartas ou qualquer outro entretenimento lúdico que era saboreado ao som das conversas acerca dos tempos idos-que-não-se-foram, essas eram sempre as mais entusiasmadas. Quem passava por ali podia ver ao longe o agrupamento de corpos envelhecidos, mãos no ar, dedos hirtos e um frenesim de pernas moles que, parecendo não corresponder à sua forma, balançavam energicamente. O espetáculo era, assim, ensaiado no vaivém das horas e dos dias. Cada banco daquele espaço verde, um território sem palmeiras, sem as frutas e animais exóticos, formava marcos geodésicos que, com a força oculta de um génio azul, pressionava aquelas já cansadas mentes a evocarem as impressões dos tesouros que foram conquistados e acumulados. Esse cenário exigia da nossa heroína frieza e raciocínio rápido para passar pelos guardas sem ser vista. Do outro lado da rua, ainda no ponto A, contou dez grupos com um intervalo de três metros e meio de distância uns dos outros. Pronto, plano elaborado: atravessar a faixa de pedestres o mais discretamente possível; passar atrás do chafariz de um Baco que apenas entornava água; continuar em frente até alcançar o outro limite da alameda, que era o mais próximo do que ela considerava território seguro; atravessar a faixa de pedestre seguinte, início do ponto B, que a conduziria para longe dos chefões daquela fase.

Ela era o alvo. A matéria forasteira que estava impregnada em todo o seu ser refletia nos olhos daqueles soldados como néon. Afinal, em tempos idos-que-não-se-foram, eles já a tinham capturado, dissecado até o tutano a sua substância e feito do que restou um lindo e polido criado-mudo. A nossa Aladdin, porém, contava com um sofisticado e ancestral sistema de alerta: visão periférica avançada, decodificação de sorrizinhos em bocas flácidas, audição apurada. Às vezes não conseguia entender todas as palavras, todavia apreendia o seu conteúdo, que chegava a ela tão explícito como uma mãozada no meio das fuças. Finalmente, atravessou a rua, o seu sistema de segurança a impeliu a manter o olhar baixo, seguiria a rota pré-desenhada. Já em território proibido, o início da alameda, continuou andando, não apenas com o olhar baixo, mas com todo o corpo encurvado. Cria que dessa forma nenhum deles iria reparar nela. Ia no cimo do chafariz do Baco, restavam ainda 20 passos para alcançar a zona de segurança. Nesse momento, atreveu-se a olhar para o lado esquerdo. Olhou de formar rasteira e oblíqua. Os grupos tinham mudado a formação inicial, diminuíram os contingentes, o que lhes permitiu se multiplicarem. Três desses novos grupos recém-formados estavam marchando para tomarem os bancos de madeira que ficavam à esquerda dela, defronte do senhor Baco. Seu corpo estremeceu, sentiu as mãos molhadas, e uma ânsia de pré-morte subia pelas suas pernas, não acreditava que o seu corpo a estava traindo, logo ele que era tão refinado em fugas. A sacola do supermercado desfaleceu de suas mãos. Os velhotes entretidos nas suas vagas lembranças e em gargalhadas estridentes farejaram, com um instinto de guerra-no-mato, a presa. Olharam entre si, falavam uns por cima dos outros. Pouco se compreendia daquela união de ruídos. Uma onda de cabeças estava apontada a Aladdin, riam-se cada vez mais alto.

Helena conseguiu retomar o controle das pernas, abaixou-se, recolheu o que caíra da sacola e seguiu firme ao encontro do ponto B. Estava prestes a completar a missão. Chegaria sem maiores lesões à zona de segurança.

Entre ruídos e gargalhadas, ela escuta ao longe:... Olê, olê,olê... Passou o chimpanzé.

Acreditou que era Aladdin, mas cheirava a Abu.

# HILDA
# DE PAULO

Nascida em Inhumas, GO, Brasil, em 1987, é artista, pesquisadora, escritora e curadora independente, programadora do Queer Lisboa e do Queer Porto, autora do projeto *Arquivo Gis*, membra fundadora da Cia. Excessos e da eRevista *Performatus*. Vive e trabalha em Vila Nova de Gaia.

## ALGUMAS NOTAS SOBRE PERTENCIMENTO

*(Hilda a se movimentar em vaivém no balanço. Voz off ecoa no espaço.)*

**VOZ OFF**

Há dois anos estive aqui. E vejo agora que restou apenas uma única oliveira. As notícias que vejo de lá — dia após dia na televisão portuguesa — são deturpadas. E é fato que estamos vivendo em tempos extremamente perigosos.

Tenho receio — tenho medo — de olhar para baixo e esquecer de vez como é contar histórias desse nosso tempo em minha língua selvagem. Porque a grande serpente — a morte — serpenteia entre os nossos pés, entranhando-se mortal e mortiferamente dentro da terra. Vejo também muito sangue por baixo de nós e alguns homens afundados nas águas do equívoco para sempre.

Nascemos sobre a morte de civilizações
Nascemos sobre a morte de populações
Nascemos sobre a morte de corpos-territórios
Nascemos sobre a morte de culturas

E banhados de sangue
Nós, humanos,
Nos alimentamos de morte
E crescemos sobre a morte.

E como é, então, quantificar o número de
MORTES
sobre o qual o nosso mundo foi construído?

Toda a nossa civilização está construída sobre a morte de outras coisas. Se voltássemos no tempo, por exemplo, quantas mortes veríamos debaixo da estrutura deste teatro? Uma sociedade como a nossa nasce e se constrói sobre a morte, sobre a violentação de outros corpos, e é significativo que sintamos medo de que esses mortos que sustentam as nossas vidas voltem em algum momento.

Neste instante
Quantas espécies estão desaparecendo?
Quantas culturas estão desaparecendo?

Quantas línguas estão desaparecendo?
Para a nossa cultura se proliferar mantendo-se.

Soube que, pelo início da tarde, alguns residentes ilegais e solitários de diversas nacionalidades foram às ruas exigir direitos. E, em frente à Câmara Municipal do Porto, com a expressão bem contraída e triste, havia um imigrante em destaque a cantar o hino nacional de Portugal em sua própria língua. Será que — como afirmou André Ventura na televisão no final da tarde —, o hino nacional só poderia ser cantado em português (de Portugal)? Seria o mesmo caso também de afirmar que "em Portugal não se usa de tal modo tal palavra do Brasil porque soa demasiado coloquial"? A quem pertencem, então, as nossas palavras? E qual é o estado em que estamos quando fazemos essas perguntas? Porque, afinal de contas, somos apanhadas pelas nossas próprias palavras, e é sintomático que entre nós, quando emerge, de uma maneira ou de outra, a questão da língua, é porque uma série de outros problemas está se impondo, podendo a língua significar, assim, critério de controle e de decisão sobre quem pertence ou não a uma nação, e até estabelecer modos de correção como fator de exclusão.

PRESTE ATENÇÃO
seasuacidadaniaportuguesacisgêneracomsotaqueportuense
é válida
APENAS
como um direito de sangue
para permanecer sobre o território de sua nação,
a minha cidadania portuguesa trans com sotaque inhumense
não é válida,
e é por isso que
há um *hífen*
entre mim e você
sugerindo uma falha no coração da nossa hipotética relação

VEJA
que nenhuma teorização será suficiente
TÃO-SÓ
para explorar a nossa desconfiada situação
ou para medir a minha desmedida dor
e talvez ainda esteja para ser desenvolvida
a “linguagem” necessária
entre mim *hífen* você

RESSALTO
que outro dia

vendo-o bater em sua namorada
gritei da minha varanda
"machista",
e alterado
ele vociferou
"feminista, volta pra tua terra"

ENTÃO,
meu amor,
saiba que feminista não é machista ao contrário
pra nossa terra
e
*ponto final.*

# JAVIERA ESPINOSA PIZARRO

(Valparaíso, Chile, 1996)
Periodista multitasking online. Ha participado en publicaciones colectivas en Chile como *Reescritura de Valparaíso y Antología literaria BAJ Valparaíso: Veinte años es todo*. Vive en Lisboa hace un año, y, aquí es camarera.

## CUIDADO CON ESA MESA, SON PORTUGUESES

*A Romina, porque soy más de lo que dice un pasaporte*

El mundo de la restauración es el primer trabajo fácil al cual podemos acceder los migrantes. Si sabes inglés, tienes un paso asegurado. Lo demás es: memorizar platos; fingir que tu comes todas las noches cada uno de ellos, que por ende los puedes recomendar, también, eres conocedor de vinos, cocktails y cafés. Te aprendes números de mesas, manejas con elegancia la coordinación de tres platos en una mano y etiquetas básicas de atendimiento, o, lo que muchos llaman: educación. También, aprender a moverte en el lodo, y salir ileso, pero vamos, que eso no paga bonos compensatorios, menos dignidad.

"¡Cuidado con esa mesa, son portugueses!" es de las primeras advertencias que me dieron trabajando en restauración, en un brunch aesthetic, como le dicen las tendencias de tiktok o las historias de instagram. La advertencia venía de compañero portugués, que estudiaba y trabajaba para sostener su vida, me dice "se quejan por todo y son muy sensibles".

¿Y tú qué eres? ¿Venezolana?/¡Ah que yo quería ser atendido por una portuguesa!

A la primera pregunta respondí: ¿Qué es esto un formulario del difunto SEF? A la segunda le respondí con una sonrisa: que le podría hablar portugués perfectamente, cuando en mi mente respondí: si quiere ser atendido por una portuguesa puede irse algún restorán en Luxemburgo, o Países Bajos, de seguro ahí encuentra a un portugués en la misma situación: buscando calidad de vida. Pero la amabilidad cínica es la única herramienta que tenemos los que no queremos perder el trabajo.

Ni siquiera pude terminar de hablar: *Hola buenas noches, soy...*

Viernes, medianoche, un DJ enciende la pista, todas quieren bailar y seguir bebiendo, pero hay una cuenta de celebración impaga. Todas contamos los parabéns de Inês, shots de cortesía, velas en la torta que trajeron de afuera, bebidas y platos con pedidos especiales; "sin manteca, la ensalada aparte, el adereso a un lado y que sea harto por favor".

En medio de los pasos de baile, la mesera busca a los anfitriones de mesa, les explica que el servicio de mesa cerró, que su turno acaba y que deben pagar una cuenta de 350 euros y pico, les deja la boleta que detalla todo el consumo. Vuelve, quieren pagar cada uno lo que consumió, dividen entre los 9 o 12 personas el agua que bebieron, la jarra de sangría, céntimo por céntimo es la división, los clientes muestran sus teléfonos con cifras como: 34,5677777€ muchos quieren *Contribuinte,* les dice que el límite es 5. Perfecto, ahí va la camarera uno por uno, entre la música, las luces de neón, los teléfonos alumbrando el detalle de la cuenta, el calor de la sala, compañeras llevando bebidas entre pasos de baile ahogados al ritmo de *dancing queen*, va la mesera con sus mejores matematicas posibles, para que cuadren los céntimos, agradecida de la calculadora de su teléfono, se demora 15 minutos en la mesa. Unas intentan pagar con su tarjeta de alimentación, se la rechaza el sistema, dos intentan pagar con multibank, no les lee el código QR, hasta que la tercera es la vencida sacan de su cartera una tarjeta de crédito, que la libera y lleva a la misma y repetitiva escena: tarjetas fallidas, divisiones de ningún céntimo más, ninguno menos.

La mesera se despide de la noche, va huyendo a la puerta, la detiene una compañera: que su mesa quería devuelta el 5% de propina que deja opcional el hotel. Comienza la travesía, busca entre el festejo de *Bamboleóoo bamboleóo* a la mesa de Inês, les pregunta a dos mesas parecidas, que celebran aniversarios, todas podían ser una opción, todas visten más o menos igual, todas hacen fotos de los platos, todas se jactan del lujo, todas son influencers, pero recordemos: la división es céntimo por céntimo.

Encuentra a la mesa: hola buenas noches ¿ustedes quieren el 5% de vuelta? *Es que nadie nos informó que eso se paga, ¡tienes que avisar*! Vuelve a preguntar: ¿ustedes quieren el 5% de vuelta? entre los reclamos, le confirman que sí.

Perfecto, la mesera busca a su jefe y le concreta una cita express: Multibank, Inês y el jefe. La mesera pierde el último autocarro. Ya le dieron las 00:50h. Su salida era a las 00:30h. El siguiente autocarro hacia su casa es a las 05.00h. La mesera paga sin propinas un uber.

# JULIANA GARBAYO

Psiquiatra e escritora, autora de *Coisas difíceis de ressuscitar* (primeiro lugar do Prêmio Paraná de Literatura 2021 na categoria contos, publicado pela Caos e Letras). Carioca, atualmente morando em Portugal, onde cursa mestrado.

## CÓDIGO MORSE

O sapo na porta do mercado. Frio, desbotado. Uma boca estranha, sem lábios, empedrada na superfície lustrosa. Fixa o nada, olhar perdido no oceano gelado das noites portuguesas. Especialmente posicionado pra "afastar os ciganos" — foi Isa quem me contou. Desde então, não voltei a este mercado. Mas também não tive coragem de ir lá e chutá-lo, estilhaçar a afronta de louça branca. Isa fala alguma coisa com os olhos fechados, a voz abafada por duas camadas de edredom. Me lembro de quando a vi falar dormindo pela primeira vez, estávamos de férias, viajando com a família dela, alguma praia de Búzios ou Arraial. Ela sentou na cama de madrugada, disse "o pássaro azul tá fugindo, não deixa ele escapar", os olhos abertos mas ausentes como se tivessem pintado íris nas suas pálpebras. Fecho a cortina, encosto a porta pra Isa não acordar, vou até a cozinha. Duas e quarenta e cinco. Por que não consigo dormir? Meu pai costumava dizer que o menino do sono trazia o sono na mochila, mas só entregava pra quem estivesse de olho fechado. Funcionava sempre. Abro a janela, acendo um cigarro. Repasso o que pedi pra Isa pôr na mala: dois vinhos do Porto, ovos moles, um Álvaro de Campos pra minha mãe. *Na véspera de não partir nunca/Ao menos não há que fazer as malas.* Tento lembrar o resto do poema, os versos escapam. Dou o último trago, apago o cigarro quase inteiro na pia, volto pro quarto.

Amanhece mais escuro e frio que antes. Isa aperta meu braço, são sete e vinte, tá na hora. Comemos em pé encostadas na pia. Ela pega um pastel de nata com os dedos, as unhas sem esmalte. O pastel está mole, a massa deixa sua mão engordurada, e ela ajeita o cabelo assim mesmo, distraída. Vamos andando juntas até a estação, em silêncio. Sem Isa aqui, Anouska, a vizinha do rés do chão, vai ser minha única amiga. Nos conhecemos assim que ela chegou da Rússia com seu gato cinzento. Cego de um olho, passa o dia deitado na varanda pegando sol e às vezes escapa pra rua, fazendo Anouska gritar Yugooo! com sotaque carregado até ele aparecer como se nada tivesse acontecido. Toda terça e sexta de manhã pedalamos juntas por quase vinte quilômetros, menos quando chove e ela vai sozinha perguntando se os brasileiros são feitos de açúcar ou o quê. Nos fins de semana bebemos Stolichnaya com licor Beirão e rodelas de laranja e vemos *Trailer park boys* no sofá da casa dela, ela não implica com o meu sotaque, não diz que falo "brasileiro".

O comboio chega, e Isa enfia as malas por baixo da poltrona. Se eu não fosse ao aeroporto (ela não queria que eu fosse), nos despediríamos aqui. Sentamos lado a lado; eu, na janela. Ela tira os fones da bolsa e me dá um, toca a tela do celular e segura em frente ao meu rosto, toma, escolhe você. Escolho a playlist que batizei "saudades de casa", aperto o play. *Já murcharam tua festa, pá/Mas certamente/Esqueceram uma semente/Em algum canto de jardim.* Observo Isa pelo reflexo da janela. Não consigo identificar nenhuma emoção no seu rosto. Nem em mim mesma, ou são tantos sentimentos misturados que nenhum se sobressai. Eu não seria egoísta de lhe pedir pra ficar. Também me perturba isso tudo, a solidão, a sensação de inutilidade, de estar o tempo inteiro desfocada, sem encaixe, meio que sem existir. Servindo café rossio, bocage, seleto, descafeinado, café com natas, uísque, tédio, cansaço e um diploma que não serve pra nada. Nada. Passo dias procurando uma utilidade, uma missão. No desdém do cliente com olheiras fundas demais, na costureira que sempre quer saber se é urgente, nas moedas que dou à mulher da igreja, na vergonha muda que me desespera quando os ciganos passam pela estátua do sapo e eu sinto vontade de gritar "não sou cigana mas sou brasileira", o que talvez dê no mesmo, na balconista do restaurante chinês onde janto toda quarta-feira, porque, além de *all you can eat*, às quartas são dois drinks pelo preço de um, e Anouska e eu nos entupimos de saquê barato. O cheiro de fritura entranha no cabelo, nas roupas, no sutiã e, às vezes, rouba o apetite. Talvez seja a intenção. Tudo é oleoso: o arroz, a massa, o sushi. A balconista tem entre vinte e trinta anos, cabelos lisos um pouco acima dos ombros, maçãs do rosto gordas e os traços achatados, como símbolos gravados no papel por uma prensa antiga, quase apagados. Uma beleza rara, arcaica, como uma relíquia desenterrada por acaso. Só consegui falar com ela uma vez, embora sempre fique me olhando com ar de quem espera ser resgatada. Pedi uma Coca, mas ela não disse nada. Nada. Ficou me olhando com o corpo perfeitamente imóvel, só os olhos mexiam; não de um lado pro outro, como seria o normal, mas pra dentro e pra fora, como se gritasse socorro em código Morse. Ou talvez fosse só a chuva lá fora. Um chinês magro e baixinho saiu de trás do caixa, falou com ela em mandarim. Ela inclinou a cabeça de leve, como numa vênia discreta, e voltou pro balcão das massas. "Ela não entende português", o homem disse, "posso ajudar?".

O comboio chega em São Bento, Isa guarda os fones de volta na bolsa. Puxamos as malas entre a multidão de gente saindo, entramos num táxi. Pro aeroporto, ela diz. Procuro seus olhos, mas estão inacessíveis atrás dos Maui Jim espelhados. Preciso parar de fumar. Preciso dar um jeito na minha vida.

# NAIANA PADIAL

Artista multidisciplinar criada nos movimentos culturais da periferia sul de São Paulo, premiada pelo solo de circo “As vidas miúdas e outras insignificâncias”, na Mostra Nacional de Jovens Criadores (2022). Vive no norte de Portugal desde 2018

## PERGUNTA PARVA

Ela não se lembrou de perguntar antes como era o toque da pele da minha mãe ou a cor do céu na minha cidade. Que cheiro vinha da fruteira quando meu pai comprava exageradas baciadas de manga na xêpa ou qual era a melhor barraca de pastel de feira do bairro, ela não perguntou. Esqueceu de saber o gosto das amoras do meu vizinho, em qual cinema eu preferia ir ou o professor favorito da faculdade. Se eu gostava dos tijolos vermelhos da chácara do Jockey, ela não perguntou. Talvez eu pudesse ter contado sobre que cor tinham os dias em que meu pai me botava naquele carro enferrujado a faltar o banco do passageiro e partíamos do nosso bairro de predinhos idênticos de 13 andares, cruzávamos o bairro das casas juntinhas de tijolos descobertos, chegávamos ao bairro de prédios de 22 andares com piscina perto do céu e, finalmente, adentrávamos o parque de mata fechada, cheio de aranhas e regras. Que a melhor parte do passeio era chegar na árvore grande tombada e gastar o tempo vendo os saguis tão lindos, tão ariscos. Não. Não cheguei a mencionar isso quando ela anunciou que ia fazer uma pergunta estúpida: "Vou fazer uma pergunta parva", disse. E, com voz doce e um sorriso, indagou "Já foste assaltada?". De onde viera aquilo? Incrédula, respondi que sim, não sei mentir muito. Eu nem me lembrava disso. E, enquanto andava pra mais longe dela, forçadamente, parece que recapitulei cada uma das vezes em que o fora.

Quando ele falou que o Brasil era muito bonito, eu concordei. Mas ele não me deu tempo de contar sobre aquela pata-de-vaca rosada que floresce imensa na Avenida Vital Brasil, logo antes da ponte, à direita, como quem vai sentido bairro — se fechar os olhos, posso vê-la. Lá da ponte, pela direita sentido Centro, se olhar sentado do banco mais alto do ônibus, quando é época daquelas flores vermelhas bicudas plantadas à margem do rio, fica mesmo bonito, apesar do que é feio. Ele não sabia, mas aqueles prédios de vidro espelhado e a água cinzenta espessa refletindo o sol têm qualquer coisa. Do outro lado, o pico do Jaraguá e suas antenas. Aterrado todo, a roçar o céu mais que os edifícios, o senhor não sabia, mas eu gostava de vê-lo da janela do predinho onde morava na infância, bem ao longe. E os guarani lá. Ele também não me deu tempo de contar como uma das coisas de maior delicadeza estética que já vi foi a preparação das cuiazinhas com a erva-mate pilada pro segundo dia do *nhemongarai*. Ele não me deixou contar como era linda a *xary'i*, Para'i acocorada em sua saia à beira do fogo preparando os cuidados para a cerimônia. Talvez, se ele tivesse me dado mesmo tempo e confiança, eu chegasse até a assumir que já não me lembro do nome do *xamoĩ* seu marido, que me revelou meu nome *nhandepy*. Mas que sim, se ele me perguntasse, eu contava que, fechando os olhos, poderia ainda sentir a sua mão a guardar a fumaça do *petỹgua* em minha cabeça.

Se ele quisesse mesmo saber, contava que não há lugar mais lindo no mundo que o Jardim Guaraú, quando a banda de palhaços percorre suas ladeiras com canções de uma revolta tão amorosa que se fazem ouvir ao longe. Que, nessas horas, até motorista de lotação quase que consegue arrumar espaço para ser paciente. Enquanto eu ainda concordava que sim, aquela terra era bonita — eu ainda devia estar terminando o meneio afirmativo com a cabeça —, ele emendou "Pena que é muito violento, tanta miséria!".

Não era como se não o fosse. Se ele me desse tempo, poderia também falar das cruezas que lá estão e que compõem aquelas paisagens. Mas ele nos despiu, deixando só o oco do que nos assola, sem cogitar suas origens, e eu no buraco. Era eu que ele violentava disparando aquela fala, eu diminuta, reduzida com a voz parada dentro da boca.

Foi assim que eu soube, eu imaginei: era talvez algo do gênero que sentia o menino afegão que, quando contou de onde vinha, eu só soube misturar minha excitação de pela primeira vez conhecer alguém de lá com uma cara de lamento pela crise em seu país.

A ninguém apetece olhares piedosos ou sádicos. O menino evadiu-se, provavelmente habituado a fazê-lo, comeu algo e seguiu o curso de outras conversas menos invasivas, entre sorrir e limpar o aparelho nos dentes. Ele era magro, alto, ou talvez alto porque magro, um pouco curvado, olhos puxados, cabelos lisos e pretos escorrendo um pouco na testa. As maçãs do rosto saltadas e com borbulhas salteando sua pele cor de leite com café: um adolescente. Um menino, sobre quem olhos complacentes deveriam desviar-se de cair, guardando-lhe a possibilidade de ser múltiplo.

# DANIELA LIMA BARROS

é filósofa e escritora. Doutoranda em Filosofia na Universidade Federal Fluminense e na Universidade de Lisboa, em regime de cotutela, desenvolve pesquisas em torno da obra de Michel Foucault e da filosofia francesa contemporânea. Além de artigos e textos acadêmicos, publicou ensaios em importantes veículos de imprensa brasileiros e é autora de dois romances. É carioca radicada em Lisboa, onde vive com seu marido e seus cães.

## A QUESTÃO DO ESTRANGEIRO: *UM DUPLO-CONVITE AO ESPANTO*

O estrangeiro parece inseparável das questões que estão, ao mesmo tempo, a rondá-lo e a constituí-lo. Se pensarmos com Jacques Derrida[1], o estrangeiro é "aquele que coloca a questão" ou "a quem se endereça a primeira questão" — como se ele fosse sempre o "ser-em-questão"; é aquele que coloca a questão de *ser* estrangeiro para si mesmo e a questão *do* estrangeiro para o outro — é, portanto, também o "ser-questão".

As questões de *ser* estrangeiro e *do* estrangeiro partem do encontro com a alteridade: das diferenças, dos corpos, das línguas, dos modos de estar no mundo, dos atravessamentos, das aberturas e dos fechamentos, que poderíamos reunir sob o nome de *estrangeiridade*. Tudo aquilo que não reconheço e que, portanto, não consigo nomear a partir de mim mesmo pode produzir, no espanto próprio do encontro, frestas capazes de desafiar as bordas, a imo-

[1] Derrida, Jacques. *Anne Dufourmantelle convida Jacques Derrida a falar Da Hospitalidade*. São Paulo: Escuta, 2003.

bilidade, os limites daquilo a que chamamos “diferença”. Em sentido oposto, pode produzir um tipo de tensão que se desdobra em sucessivas tentativas de solucionar, resolver, superar a inquietação e o incômodo face à diferença: é o que ocorre quando o encontro com a estrangeiridade e suas questões se converte em *problema*.

Ao nos voltarmos para o debate público em Portugal, é possível perceber um deslocamento da “questão do estrangeiro” para o “problema do estrangeiro”. Essa passagem parece implicar uma restrição: se, como dissemos acima, a *questão* carrega uma ambivalência — a um só tempo dirigida ao e vinda desde o Outro — que indica uma reciprocidade transitiva entre quem a coloca e sobre quem ela é colocada, o *problema* instauraria uma via de mão única, que toma o objeto por polo passivo a ser “resolvido”, “solucionado”, nada tendo a contribuir para a construção da resposta. Com efeito, o “problema do estrangeiro” se torna ferramenta de um discurso hostil que pretende produzir insegurança diante daquele que chega.

No curso *Em defesa da sociedade*[2], Michel Foucault pergunta se o exercício do poder político não teria como “princípio

[2] Foucault, Michel. *Em defesa da sociedade.* São Paulo: Martins Fontes, 2005.

e motor" o "esquema binário da guerra, da luta, do enfrentamento de forças", de modo que o dito binarismo demandaria uma demarcação, uma separação, enfim, uma cisão entre uns e outros, entre dentro e fora da sociedade, entre matáveis e não matáveis. É possível notar que discursos nacionalistas xenófobos pretendem produzir esse tipo de cisão a partir do "problema do estrangeiro". Não por acaso, a crise habitacional, o colapso do sistema de saúde, o desemprego, os baixos salários, a redução de vagas no ensino público, a competição desenfreada nas universidades, o aumento da violência, tudo aquilo que paira como problema da sociedade é convertido em "problema do estrangeiro". O "estrangeiro", essa entidade vaga, indefinida e moldável, torna-se, por fim, o inimigo de quem a sociedade precisaria ser defendida.

Nesse contexto, parece-me oportuno recriarmos uma cena ocorrida em 2019 na Faculdade de Direito da Universidade de Lisboa: no corredor, estudantes posicionaram uma caixa de madeira repleta de pedras, onde se lia "grátis se for para atirar a um *zuca*"[3]; ao lado da caixa, havia uma

[3] Folha de São Paulo. "Grupo de estudantes coloca caixa com pedras 'para atirar' em brasileiros na Universidade de Lisboa". 29 de abril de 2019. Disponível em: www.folha.com.br/

mesa com outras placas, dentre as quais uma indicando que estavam recebendo contribuições para alimentar os "nossos animais". Quando o estrangeiro é oriundo de uma ex-colônia, percebemos uma organização específica do discurso xenófobo que é, na cena descrita, elevado ao paroxismo: a defesa do exercício do poder de uns sobre os outros, de modo que o Outro, o estrangeiro, o colonizado, permaneça em um lugar de sujeição — sobretudo no interior da universidade, esse espaço privilegiado de produção de saberes.

Embora as pedras ultrapassem os muros da universidade, carregando outros nomes e endereços, o cartaz especificava, entre parêntesis, que aquelas seriam destinadas aos que passaram "a sua frente no mestrado". Parecia referir-se àqueles que poderiam de alguma forma escapar da posição à qual estariam previamente destinados na hierarquia social e cujo modo de existência, portanto, apresentaria um desafio aos dispositivos coloniais — afinal, a *estrangeiridade* carrega em si mesma o escape, a mobilidade, a infixidez. Diante disso, devia-se combater — literalmente, *apedrejar* — o ser-em-questão que em seu próprio modo de ser-questão desestabilizaria a episteme dominante. Essa instabilidade se produz de diferentes formas, sobretudo quando o Outro ocupa e reivindica para si uma posição ativa na produção de saberes, pois esse movimento traz consigo a possibilidade de recuperação de "saberes sujeitados".

Foucault descreve os "saberes sujeitados" como "conteúdos históricos que foram sepultados" no contexto dessas disputas. Ao se mostrarem vivos, insepultos, tais saberes podem indicar mais do que seu próprio conteúdo: indicam também os dispositivos que pretendiam sepultá-los. Com efeito, nesses saberes "jazia a memória dos combates, aquela, precisamente, que até então tinha sido mantida sob tutela". O campo epistêmico é também um campo de guerra, de disputas discursivas com impactos muitas vezes extradiscursivos. Trazer à luz esses saberes implica, por extensão, iluminar os dispositivos, ou seja, as instituições, as normas, as leis, os discursos, enfim, os elementos aparentemente heterogêneos que, por vezes, têm a função de responder, solucionar, encerrar um problema. No caso do "problema do estrangeiro", esses dispositivos operam sobre tudo aquilo que pretende justificar ou mascarar os atos violentos contra os imigrantes, os apátridas, os refugiados, enfim, os estrangeiros.

É nesse campo que se dá a disputa em torno da colonização, da Guerra Colonial, do 25 de abril e, consequentemente, do emaranhado de discursos que se sobrepõem a feridas ainda abertas. Na Guerra, os guineenses, os moçambicanos e os angolanos assumiram esse estranho lugar de estrangeiros em seu próprio território; e os massacres, as torturas, os horrores, as brutalidades às quais foram submetidos por mais de uma década seguem parcialmente soterrados, obstruídos de vir à fala, ao discurso.

Não houve descolonização como princípio norteador de uma Revolução, mas sucessivas derrotas portuguesas em solo africano, das quais surgiram certas demandas dos militares e das populações, de modo que ainda é possível se perguntar de que formas se estabeleceram as relações entre a Guerra Colonial e a derrubada do fascismo em Portugal. Com efeito, ainda se faz necessária uma dupla reflexão — de solo a solo — em torno da relação entre descolonização e democracia: o fim da Guerra não foi o fim da cultura colonial, que ainda nos atinge como pedra, como grito, como olhar, como ferida aberta.

A questão do estrangeiro, recolocada de novo, de novo e de novo, mostra que o 25 de abril não se esgotou, uma vez que essa democracia ainda não se estendeu a todos: é uma democracia falha, inacabada e, não por acaso, ameaçada em sua fragilidade pelo nacionalismo xenófobo. Então dizemos, com o necessário espanto, que abril é um porvir que segue a exigir um descentramento, uma abertura ao Outro, ao estrangeiro, para acontecer plenamente enquanto encontro, hospitalidade e democracia que só se realizam no constante alargar de seus horizontes e no borrar de suas fronteiras.

# JAMILA PEREIRA

Escritora freelancer guineense, poetisa e graduada em Relações Internacionais, baseada em Leeds. O seu trabalho pode ser encontrado em português e inglês, em plataformas como Black Ballad, The Republic Journal, Bantumen e muitas mais, nas quais ela explora mudanças culturais e sociais e a política da identidade das mulheres negras na diáspora e além. Também é roteirista, finalista do Top 20 Merky Books Writer's Camp 2019 e coautora das antologias antirracistas e políticas *Volta para tua terra*, publicadas pela editora Urutau.

## O 25 DE ABRIL CONTINUA ATRAVÉS DAS MULHERES DA NOSSA TERRA

> *Um dos princípios da nossa luta é que o nosso povo nunca será livre até que as mulheres também sejam livres.*
>
> Amílcar Cabral, 1971

Se mergulharmos mais fundo na história e no calendário político da Guiné-Bissau, veremos que abril é tão importante como setembro, o mês oficial da independência. Após a Revolução dos Cravos, no dia 25 de abril, terminou a guerra que os portugueses travaram contra os combatentes da independência nas suas antigas colónias, incluindo a Guiné-Bissau. A partir desse momento, meio século de ditadura foi desmantelado e, inevitavelmente, as lutas de libertação, defendidas pelos partidos e movimentos anticoloniais, particularmente o Partido Africano para a Independência da Guiné e Cabo Verde (PAIGC), foram vistas não só como cruciais para a liberdade luso-africana, mas também como a razão de um Estado Novo debilitado, pobre e isolado. Assim, à medida que nos aproximamos da celebração dos 50 anos de uma realidade antiditatorial, devemos reconhecer que a independência das antigas colónias portuguesas está altamente interligada com este momento da história e com o sentimento de liberdade que todos nós vivemos hoje.

Pessoalmente, como filha de imigrantes guineenses e eu própria imigrante e mulher, não consigo reconhecer a chamada liberdade que supostamente surgiu com a Revolução dos Cravos. A chamada libertação que supostamente deu às nações luso-africanas a oportunidade de ditar o seu futuro e alcançar os seus objectivos. Embora as gerações anteriores possam ver isso como um desrespeito pelo seu sangue, suor e lágrimas, trata-se apenas de um reconhecimento da realidade em que muitos de nós na diáspora crescemos. Desde episódios intermináveis de racismo e discriminação até às batalhas contínuas por um fio de dignidade, enquanto procuramos ar numa sociedade concebida para nos ver fracassar, o 25 de abril que me ensinaram na escola não se assemelha às promessas e aos sonhos que foram vendidos às antigas colónias.

Hoje, para mulheres como eu, como a minha mãe, as minhas tias, as minhas amigas ou a Cláudia Simões, a liberdade e a libertação soam como mundos utópicos. Mundos que dificilmente ou nunca poderíamos alcançar porque as nossas contribuições para a sociedade são constantemente mercantilizadas e ignoradas pela tonalidade da nossa pele. Seja por pessoas que se parecem com os nossos antigos colonizadores ou por pessoas que se parecem connosco, ainda estamos a lutar, a tentar ocupar espaço e a esperar mudanças genuínas e revolucionárias. Assim sendo, devido à tendência social de fecharem os olhos no que toca aos feitos das mulheres na história e nas histórias de libertação, particularmente das mulheres negras, estou aqui para lembrar a todos que o 25 de abril só foi possível por causa das NOSSAS mulheres.

Mas, antes de começarmos, peço que reservem um momento e imaginem algo comigo. **Quem luta na guerra? Como são? O que vestem? O que fazem? Para onde vão? Quem são?** Gostaria que mantivessem essa imagem em mente, e iremos revisitá-la juntos no final desta história que estou prestes a contar.

A Guiné-Bissau é apenas uma pequena nação da África Ocidental, mas o pequeno país é certamente muito mais do que os seus vários rótulos depreciativos comumente conhecidos em todo o Norte Global. Esta é a terra do animado Gumbé, dos hipopótamos redondos, das mangas suculentas e de um dos maiores exportadores de castanha-de-caju do mundo. É também o lar de várias etnias e grupos com complicações históricas ao longo da costa superior da Guiné e nas esferas europeia e afro-atlântica.

Apesar dos equívocos e estereótipos ocidentais, as mulheres da Guiné-Bissau dominaram historicamente o sector empresarial como comerciantes durante os tempos pré-coloniais e pós-coloniais, e só foram forçadas a restringir temporariamente a sua autonomia política e económica na sequência de políticas coloniais repressivas e prejudiciais impostas pelos portugueses. Inevitavelmente, quando chegou a altura de lutar pela independência, liderada por Amílcar Cabral, surgiram oportunidades para se levantarem contra o colonialismo português e enfrentarem as restrições patriarcais; as mulheres que procuravam a libertação não pensaram duas vezes e juntaram-se ao movimento. Algumas das mulheres envolvidas incluíram Bweta N'dubi, Carmen Pereira, Ernestina "Titina" Silá, Francisca Alves, Francisca Pereira, Fatoumata Diallo, Fatu Turé, Isabel Leal, Sandé NHaga, Satu Camará, Satu Djassi, Segunda Lopes, Tchady Sambu, Teodora Inácia Gomes, Theresa NQuamé e muitas outras.

Durante a sua vida, Cabral reiterou a importância das mulheres tanto na participação política como na sua centralidade no PAIGC, bem como na reconstrução da nação, porque a libertação nunca poderia ser libertação sem mergulhar fortemente na noção de interseccionalidade. Desde enfermeiras e combatentes a professoras e trabalhadoras políticas, a abordagem de Cabral implicou um número crescente de mulheres nas fileiras do partido e muitos outros papéis integrais em geral, pré-condicionando a vitória. No entanto, apesar das suas imensas contribuições e da sua participação na Luta pela Libertação, as mulheres da Guiné-Bissau tiveram pouco ou nenhum espaço para serem agentes de mudança ativos ou construtoras da nação após a independência em 1974.

Ao discutir a luta pela independência na Guiné-Bissau, naquela época ou mesmo hoje, é impossível ignorar a marca do patriarcado e da colonialidade que permeia a vida privada e pública, que Carmen Pereira descreveu à autora e ativista Stephanie Urdang como "Na Guiné-Bissau, dizemos que as mulheres têm de lutar contra dois colonialismos: um dos portugueses e outro dos homens". Embora o PAIGC tenha imaginado um programa de reconstrução que incluísse a igualdade de género e abordasse o movimento através de uma lente pós-colonial e feminista, sob o governo de Cabral, o seu compromisso é visto hoje como uma promessa falhada de estabelecer uma sociedade equitativa na qual as mulheres da Guiné-Bissau sejam reconhecidas pelas suas grandes conquistas. Em vez disso, os seus meios de subsistência foram ainda mais prejudicados por más escolhas económicas, instituições-chave desestabilizadas, políticas de género e insegurança política.

Com 50 anos de existência, desde a independência, a herança deixada por combatentes pela liberdade como Carmen Pereira, Titina Silá, Bweta N'dubi e muitas outras é agora utilizada como um símbolo político de interesse próprio, através de um gesto performativo, que é celebrado apenas uma vez por ano, no dia 30 de janeiro, no Dia da Mulher Guineense. E, mesmo que o dia também marque o falecimento de Titina Silá e tenha como objetivo homenagear as contribuições de todas as outras combatentes, a atitude perante as conquistas dessas mulheres ficou aquém. Tanto é assim que Titina Silá tornou-se uma referência para a libertação, como merecia, pela sua significativa dedicação e paixão, e simultaneamente a única mulher a ser altamente reconhecida ou considerada uma heroína apesar das marcas mais amplas de outras lutadoras.

No entanto, Silá e muitas outras, cujos nomes não são ouvidos, demonstraram a vontade de prosseguir com a sua própria libertação política e pessoal. Como personagens ativas dentro e fora do campo de batalha, é inadmissível desconsiderar o imenso valor que essas mulheres trouxeram para o primeiro plano. Sem o seu sangue, suor e lágrimas, a pouca emancipação política e económica que testemunhamos em muitas das nossas vidas teria sido reduzida a nada.

Hoje em dia, embora tenhamos enveredado por um caminho menos esburacado desde que adquirimos alguns direitos após a independência, como o acesso mais fácil ao divórcio ou o estabelecimento de uma lei que visa a acabar com a mutilação/mutilação genital feminina e a criminalização do casamento infantil, a caminhada é ainda difícil e duradoura. E nossas mulheres merecem muito melhor.

À medida que as nossas mulheres lutam contemporaneamente para dar espaço aos seus sonhos, enquanto enfrentam uma dura batalha com mundos misóginos e patriarcais, devemos assumir a responsabilidade de aprender e dizer os seus nomes, incorporar os seus legados, desafiar o status quo, informar-nos dos seus papéis na história e compartilhar com outras pessoas que elas são importantes além de uma única data nos nossos calendários. Elas são 30 de janeiro, 25 de abril, 5 de maio, 10 e 24 de setembro e muito mais. Devemos compreender isso e garantir que todas as mulheres luso-africanas sejam conduzidas para um futuro brilhante rumo à libertação económica, social e cultural.

Além disso, embora celebremos o 50° aniversário de um momento revolucionário e histórico, como o 25 de abril ou o 30 de janeiro, ainda não estou em paz com as condições da sociedade portuguesa e não consigo respeitar plenamente a noção de que as coisas mudaram para melhor, porque acho que elas não mudaram o quanto podiam. Ao fim e ao cabo, o desafio de reconstruir uma nova sociedade ainda está muito presente; por isso, independentemente do que esperávamos, a luta pela libertação continua, mesmo que os últimos soldados portugueses já tenham deixado as nossas costas. Sem a liberdade das mulheres negras, qualquer compreensão de liberdade que possamos ter é simplesmente um conto de fadas.

No geral, apesar do seu trabalho árduo e corajoso, o projecto político nascido ao lado do PAIGC e as grandes esperanças tanto de Cabral como das mulheres combatentes num futuro equitativo após a Revolução dos Cravos permanecem incompletos. Ainda assim, à medida que as combatentes da liberdade espalham as suas sementes, podemos vê-las florescer e ser replantadas através de gerações. Nas estações de comboio de madrugada e ao anoitecer, enxertando e vendendo torresmos nas proximidades, sendo pioneiras e agentes de mudança, esgotando concertos ou simplesmente tentando dar o melhor às suas famílias, o 25 de abril começou com as nossas mulheres, e o seu processo revolucionário continua em curso.

Por isso, da próxima vez que tu imaginares o 25 de abril ou te perguntares quem luta uma guerra, talvez te lembres dessas mulheres e te perguntes: que outras histórias, de outras guerras, épocas e lugares da história como esses, foram esquecidas? Quantas vezes é que as mulheres que tu encontras nas representações da guerra foram reduzidas ao interesse amoroso, à vítima ou à mãe? Por que é que combatentes são sempre homens? Onde estão os silêncios, os erros na forma como as mulheres foram lembradas pela sua participação nos conflitos? No final do dia, por algum motivo, temos A liberdade, A resistência e A independência. E há que enaltecê-las.

**Fontes:**

*A integridade feminina e a (re)construção de uma nação: O caso da Guiné-Bissau* (Brandon D.Lundy; Raul Mendes Fernandes; and Kezia Darkwah)

*Histórias de Libertação da Guiné-Bissau* (Ricci Shryock)

*Não há Descolonização sem Libertação das Mulheres: A Libertação das Mulheres no Discurso Teórico do PAIGC* (Zeyad el Nabolsy)

*Não há luta sem as mulheres* (Ricci Shryock)

*Promessa e traição: Mulheres combatentes e libertação nacional na Guiné Bissau* (Aliou Ly)

*Resistência e Colonialismo Povos Insurgentes na História Mundial.* Capítulo 4: A Luta de Género na Guiné-Bissau: A Participação das Mulheres Dentro e Fora do Registo da Libertação, páginas 85—114 (Inês Galvão e Catarina Laranjeiro)

*Uma Revolução Dentro de Uma Revolução: Mulheres na Guiné-Bissau,* páginas 3—21 (Stephanie Urdang)

# RAÍ ANGELO

Imigrante *pardo* e *paisano* de 32 anos, natural de Fortaleza/CE, reside hoje em Olhão e cursa Ciências da Comunicação na Universidade do Algarve. *Historiador falhado* e futuro jornalista, Raí dedica-se hoje à escrita ficcional.

## XENOFOBIA: OUTRA CARNE, MESMO CHÃO.

Os krahôs, nação indígena do estado do Tocantins, no norte do Brasil, referem-se aos membros do seu grupo como "*mehii*", que na sua língua significa "os da mesma carne"; e aos de fora chamam por "*krepeu*", isto é, aquele que "não tem a mesma carne". É a partir do corpo que os krahôs definem quem pertence ou não ao seu grupo. Já os astecas consideravam os povos que habitavam ao sul de "*Vera Cruz*" — costa leste do atual México — indignos até do sacrifício: "*nosso deus não gosta da carne desses povos bárbaros.*" Se é a partir da carne e do corpo que começa a aversão ou o desejo ao outro, como escreveu Durval Muniz, é simbólico que o estranhamento dos espanhóis com os astecas no contexto da conquista, registrado nos diários de Colombo, manifestou-se primeiramente com a falta de vestimenta: "*vão completamente nus, homens e mulheres, como suas mães os pariram*"; "*Este rei e todos os seus andavam nus como tinham nascido, assim como suas mulheres, sem nenhum embaraço.*" Exposto sem anteparos ao corpo e à carne alheia, de um outro até então desconhecido, Colombo foi incapaz de enxergá-los além da dualidade bom/mau. Primeiro os viu quase como divinos, que "*amam o próximo como a si mesmos*", as "*melhores gentes do mundo, e as mais pacificas*"; depois como hostis, "*selvagens cheios de crueldade*"; mas jamais os tomou como semelhantes.

No ano em que se iniciava a conquista do novo mundo, um pedaço do velho era *recuperado*. Em 1492, o processo de retomada da Península Ibérica, então ocupada pelos mouros, conhecido como *A Reconquista*, concluía-se com a vitória dos reis cristãos na guerra de Granada. Segundo Todorov, o ano simboliza para os espanhóis — e por que não dizer para os ibéricos? — um duplo movimento: o de repúdio do seu outro interior, encarnado nos mouros e judeus expulsos; e o de descoberta do outro exterior, com os povos autóctones das Américas. Num encontro que, com descreveu Todorov, "*nunca mais atingirá tal intensidade, se é que esta é a palavra adequada. O século XVI veria perpetrar-se o maior genocídio da história da humanidade*". Um dos demarcadores do início da era moderna, 1492, ecoa hoje, e os choques culturais em solo europeu parecem não só carregar um pouco daquele primeiro contanto extremo, como também evocam algo daquela guerra movida contra os árabes.

Para Muniz, os componentes da xenofobia contemporânea são a *ansiedade* e a *angústia* causada pela precarização das identidades culturais e nacionais, sujeitas ao contacto continuado e crescente com outras identidades e culturas. Sentimentos que a extrema direita soube instrumentalizar. Seus ideólogos advogam a defesa contra a onda migratória do sul global, disseminando o medo do esgotamento dos seus recursos e de uma substituição populacional. "*Neste sentido, pressupõe-se que as heranças coloniais são uma dimensão fundante tanto do discurso bem como da prática das extremas direitas*" (SILVA, BARONE, 2023, p. 193). Em Portugal, o fenômeno migratório é ainda mais complexo. Há hoje 2,1 milhões de portugueses espalhados pelo mundo. Segundo o Atlas da Emigração Portuguesa, Portugal é hoje o país com maior número proporcional de emigrantes na Europa. Não escreveu Miguel Torga que os portugueses são "*os andarilhos do mundo, capazes em todo o lado do melhor e do pior*"? Porém, devido a fatores como a descolonização e a adesão à UE, Portugal tornou-se também um país de imigração. Apesar da emigração portuguesa ainda não dar "*sinais de esgotamento*", os fluxos imigratórios se acentuam, e cresce o receio do estrangeiro e o medo da perda da identidade nacional. Teorias conspiratórias como a da substituição populacional encontram um terreno fértil, em que a *angústia* e a *ansiedade*, como definiu Muniz, manifestam-se em práticas e discursos xenofóbicos. Cultivados pela extrema direita e pela direita nacionalista, que já colheu seus frutos com as últimas eleições legislativas.

Novos partidos de extrema direita como o Chega, como observou Miranda(2022), têm uma linha retórica um tanto distinta dos partidos históricos. Retomam a pauta étnico-racial, mas com um tratamento distinto. A questão é posta em termos de *pertença*. Em lugar do foco na etnia, evocam a incompatibilidade entre as tradições e os costumes dos estrangeiros/intrusos com os dos nacionais/nativos. Não só os aspectos culturais seriam incompatíveis, como também os religiosos. Daí a migração muçulmana ser recorrente nos discursos, e esses migrantes serem tomados como uma ameaça não só aos valores das unidades nacionais, mas aos valores ocidentais. Em 2022, em entrevista ao *Polígrafo*, o líder do Chega afirmou:

Há um risco na Europa de uma crescente, não chamaria substituição... Substituição não é a melhor palavra. Eu acrescentaria que há um risco de uma crescente aglomeração, de uma certa adulteração, adulteração cultural e civilizacional da Europa com os fluxos migratórios dos países islamizados ou islâmicos. (LEAL, 2023)

Ventura falou em adulteração no equilíbrio populacional, embora em 2012 tenha partilhado declarações mais diretas no Facebook: "*a União Europeia no seu conjunto tem vindo a ser substituída demograficamente por filhos de imigrantes*" (ibid, 2023). A mesma teoria é partilhada por terroristas como Brenton Tarrant, que em 2019 foi responsável por um ataque a uma mesquita na Nova Zelândia que vitimou 51 pessoas; e também Patrick Wood C., que no mesmo ano efetuou disparos num mercado de El Paso, no Texas, assassinando 23 pessoas e ferindo outras 23. Ambos os terroristas deixaram um manifesto escrito com alusões diretas à teoria conspiratória. Em 2022, num massacre contra a população negra de Buffalo com 10 vítimas, no estado de Nova Iorque, transmitido ao vivo pela plataforma de *streaming* Twitch. O supremacista branco de 18 anos Payton Gendron elogiou Brenton, alegando existir um "genocídio caucasiano" em curso. Payton tencionava matar o que chamava "*replacers*", isso é, os substitutos, numa referência à teoria da *Grande Substituição*.

Para um imigrante residindo no Algarve como eu, o Chega me parece ter sido o grande vitorioso das eleições. Justamente nos 50 anos de aniversário do *25 de abril*, sinto que outra data presentifica-se com força em Portugal. 532 anos depois da Reconquista, a questão do outro permanece premente na Península Ibérica. E a angústia e ansiedade talvez sejam, na realidade, o medo de que façamos com eles o que fizeram conosco. O medo de que se cumpra a *profecia* ou a *maldição* de Frei Bartolomeu de Las Casas: "Creio que por causa dessas obras impias, criminosas e ignominiosas, perpetradas de modo tão injusto, tirânico e bárbaro, Deus derramará sobre a Espanha sua fúria e sua ira, porque toda a Espanha, bem ou mal, teve o seu quinhão das sangrentas riquezas, usurpadas à custa de tanta ruína e extermínio".

Ao que Todorov completa: "*Leia-se, pois, Deus derramará sua fúria sobre a Europa*". Mas meu ideal, como o de Todorov, não é a ira de Deus ou a vingança dos imigrantes. Nem a Europa ou Portugal correm esse risco. O que se vê nas ruas do país hoje é uma *história portuguesamente verosímil*, tomando de empréstimo a expressão de Miguel Torga, são pessoas que deixaram sua terra buscando oportunidade de viver melhor num chão que não lhes pertence, e que, apesar do coro de alguns descontentes, insistem em permanecer.

**BIBLIOGRAFIA:**

LEAL, S. (2023) *André Ventura nunca se referiu à "teoria da substiuição" por não ter dados suficientes?.* Polígrafo [online] 23 de fevereiro, 2023. Disponível em: <https://bit.ly/4a5xHYV>. Acessado em: 23 de março de 2024.

MIRANDA, T. S. R. (2022) *Extremismos em Crescimento na Europa e em Portugal: Um Breve Estudo sobre o Extremismo Islâmico e a Extrema-Direita* [Dissertação de mestrado, NOVA School of Law — Universidade Nova de Lisboa].

MUNIZ, D.M.A.J. (2016) *Xenofobia: Medo e Rejeição ao Estrangeiro.* São Paulo: Cortez.

TODOROV, T. (1983). *A Conquista da América. A questão do Outro.* 2ª edição. Martins Fontes.

SILVA, G. J. da; BARONE, V. (2023) *A Grande Substituição, o colonialismo projetado e os usos do passado: esboço para um crísitca ao caráter paranoico da Nova Direita francesa.* Fronteiras — Revista Catarinese de História | ISSN 2238-9717 | n. 41, p. 192–212, jan./2023.